VAMPIRES - 3
LA FURIE

J'AI LU

L.J. SMITH

Lisa Jane Smith a toujours voulu devenir écrivain. Elle imagine les intrigues de ses livres dès le lycée et écrit son premier roman lors de ses études à l'Université de Californie. Les rêves et les cauchemars l'ont toujours fascinée. Beaucoup de ses romans, dont la trilogie The Forbidden Game, *sont inspirés de ses propres cauchemars et de ceux de ses amis. Au beau milieu d'un rêve particulièrement effrayant, la seule chose que L.J. Smith espère, c'est de pouvoir s'en souvenir au réveil le lendemain matin pour le transformer en livre !*
Elle vit dans une maison toujours en pleine effervescence, au nord de la baie de Californie, entourée d'un chien, de trois chats et de quelque dix mille ouvrages.

L.J. Smith

VAMPIRES - 3
LA FURIE

Traduit de l'anglais
par Isabelle Tolila

Éditions J'ai lu

Titre original :

THE VAMPIRE DIARIES
VOLUME 3 : THE FURY

HarperPaperbacks,
a division of HarperCollins Publishers

À ma tante Margie, et en souvenir de mes tantes Agnès et Eleanore, qui ont encouragé ma créativité.

1

ELENA PARVINT À LA CLAIRIÈRE.

Sous ses pieds les feuilles d'automne se figeaient dans la neige fondue. La nuit était tombée ; la forêt se refroidissait vite, même si l'orage s'était éloigné. Mais Elena ne sentait pas le froid.

L'obscurité ne la dérangeait pas non plus. Ses pupilles se dilatèrent au maximum, captant de minuscules particules de lumière qui auraient été invisibles pour un humain. Elle voyait très distinctement les deux garçons qui s'affrontaient sous le grand chêne.

L'un avait d'abondants cheveux noirs que le vent avait emmêlés. Il était légèrement plus grand que l'autre, et ses yeux étaient verts. Elena en était certaine, même si elle ne voyait pas son visage. Mais elle ignorait comment elle le savait. L'autre avait aussi les cheveux noirs, mais plus fins et plus lisses, rappelant presque le pelage d'un animal. Ses lèvres étaient hargneusement retroussées sur ses dents, et son corps à la grâce féline était ramassé dans une posture de prédateur. Il avait les yeux noirs.

Elena les observa pendant plusieurs minutes sans bouger. Que faisait-elle ici ? Pourquoi avait-elle été attirée par les échos de leur lutte résonnant dans sa tête ? Elle ne s'en souvenait pas. À cette distance réduite, leur rage, leur haine et leur douleur étaient presque assourdissantes. Ils étaient engagés dans un combat à mort.

Lequel vaincrait l'autre ? Tous deux étaient blessés et saignaient, et le bras gauche du plus grand pendait dans une position insolite. Cependant, il réussit à propulser son adversaire contre le tronc noueux d'un chêne. Sa fureur était si intense qu'Elena en captait l'odeur et le goût. Cette fureur, précisément, lui conférait une force inimaginable. Elle le savait...

Et puis, enfin, Elena se rappela pourquoi elle était là. Comment avait-elle pu l'oublier ? *Il* était blessé. *Son* esprit l'avait appelée, avec une puissance égalant sa rage et sa douleur. Elle était venue l'aider parce qu'elle lui appartenait.

Les deux adversaires luttaient maintenant dans la neige, avec autant de férocité que des loups. D'un mouvement preste et silencieux, Elena les rejoignit. Celui aux yeux verts – *Stefan*, souffla une voix dans sa tête – était au-dessus, les doigts serrés autour de la gorge de l'autre. Alors une rage folle submergea Elena, et elle se jeta sur lui pour le forcer à lâcher.

L'idée qu'elle pût ne pas être assez forte ne lui traversa même pas l'esprit. Elle *était* assez forte ; c'était tout. Pesant de tout son poids sur son adversaire, elle l'entraîna avec elle sur le côté. Pour faire bonne mesure, elle prit appui sur son bras blessé, le clouant face contre terre. Puis elle entreprit de l'étrangler.

Son attaque l'avait pris par surprise, mais il était loin de déclarer forfait. Il contre-attaqua, sa main valide tâtonnant en direction de sa gorge. Son pouce s'enfonça durement dans sa trachée-artère.

Elena riposta en attaquant la main à coups de dents. Elle n'y comprenait rien. C'était comme si son corps agissait d'instinct. Ses dents étaient devenues une arme, et elles tailladaient la chair, faisaient couler le sang.

Mais l'homme était plus fort qu'elle. D'un mouvement brusque des épaules, il se dégagea et inversa la situation. Il la dominait maintenant, le visage déformé par une rage bestiale. Elle rugit et essaya d'atteindre ses yeux avec ses ongles, mais il balaya brutalement sa main.

Il allait la tuer. Même blessé, il était beaucoup trop fort. Ses lèvres retroussées dévoilaient des dents déjà teintées de sang. Tel un cobra, il s'apprêtait à mordre.

Puis il se figea, et l'expression de son visage se transforma.

Elena vit les yeux verts s'écarquiller. Les pupilles, qui quelques secondes auparavant n'étaient plus que deux points contractés de méchanceté, se dilatèrent d'un coup. Il la regardait comme s'il la voyait pour la première fois.

Pourquoi la regardait-il ainsi ? Pourquoi n'en finissait-il pas ? Mais la main d'acier qui lui broyait l'épaule la lâcha. La férocité bestiale avait disparu, remplacée par une expression d'émerveillement et de stupeur. Il s'écarta pour s'asseoir, l'aidant à se redresser à son tour, sans la quitter un seul instant des yeux.

— Elena, murmura-t-il d'une voix émue. Elena, c'est toi.

C'est ainsi que je m'appelle ? pensa-t-elle. Elena ?

Ça ne comptait pas vraiment. Elle lança un regard en direction du vieux chêne. *Il* était encore là, appuyé au tronc de l'arbre, haletant. *Il* la regardait de ses yeux infiniment noirs, l'air soucieux.

Ne t'inquiète pas, pensa-t-elle. Je peux me charger de ce type. Il est stupide. Puis elle se jeta de nouveau sur l'ennemi aux yeux verts.

— Elena ! cria-t-il alors qu'elle le faisait basculer en arrière.

De sa main valide, il la repoussa et la maintint à distance.

— Elena, c'est moi, Stefan ! Elena, regarde-moi !

Elle le regardait. Et elle ne voyait que la peau exposée de son cou. Elle rugit sourdement, lèvres retroussées, lui montrant les dents.

Il se figea.

Elle le sentit tressaillir, vit son regard vaciller. Son visage devint aussi blême que s'il venait de recevoir un coup de poing dans le ventre. Il secoua légèrement la tête.

— Non, souffla-t-il. Oh, non !...

Il semblait se parler à lui-même, comme s'il ne s'attendait pas qu'elle l'entende. Il tendit une main vers sa joue, et elle essaya aussitôt de la mordre.

— Oh, Elena !...

Les dernières traces de fureur, d'avidité animale, avaient déserté son visage. Il la regardait, hébété, les yeux remplis de détresse et de peine.

Et de vulnérabilité. Elena en profita pour se jeter sur lui. Il leva le bras pour l'arrêter, puis le laissa retomber.

Leurs regards se croisèrent un instant, la souffrance au fond de ses yeux était immense, puis il abdiqua, tout simplement, et cessa de résister.

Il gisait sur le sol glacé, des feuilles mortes plein les cheveux, fixant à présent le ciel noir et nuageux au-delà d'Elena.

Achève-moi, souffla la voix mentale avec lassitude.

Elena hésita. Quelque chose dans ces yeux réveillait en elle des souvenirs. Une nuit de pleine lune, dans un grenier... Mais les réminiscences étaient trop vagues, les images trop floues. Et puis, l'effort de concentration lui faisait tourner la tête et lui donnait la nausée.

De toute façon, le dénommé Stefan devait mourir. Parce qu'il avait blessé l'autre, celui auquel Elena était destinée depuis sa naissance. Personne ne pouvait impunément s'attaquer à *lui*.

Elle planta ses dents dans la tendre peau de son cou et mordit profondément.

Elle se rendit aussitôt compte que quelque chose clochait. Elle n'avait touché ni une artère ni une veine. Elle fouilla la chair, furieuse de se sentir si inexpérimentée. Le sang coulait à peine.

Frustrée, elle leva la tête et mordit de nouveau ; le corps sous elle tressaillit de douleur.

Beaucoup mieux. Elle avait trouvé une veine, cette fois, mais elle ne l'avait pas entaillée assez profondément. Une petite écorchure comme celle-ci ne suffirait pas. Il fallait sectionner la veine, pour que le délicieux élixir coule à flots.

Sa victime gémit tandis qu'elle s'employait à déchiqueter sa gorge. Elle allait toucher au but quand des mains la tirèrent en arrière.

Elena rugit sans lâcher prise. Un bras lui encercla la taille, des doigts lui saisirent les cheveux. Elle résista, les dents et les ongles enfoncés dans les chairs de sa proie.

Écarte-toi de lui. Laisse-le !

La voix mentale claqua, dure et impérieuse. Elena la reconnut et cessa de se débattre. Les mains la soulevèrent et la déposèrent sur le sol. Lorsqu'elle leva les yeux pour *le* voir, un nom lui vint à l'esprit. Damon. *Il* s'appelait Damon. Elle lui lança un regard de reproche, puis baissa la tête avec soumission. Stefan était en train de se redresser, le cou et la chemise maculés de sang. Elena se passa la langue sur les lèvres, sentant la pulsation douloureuse de la faim dans chaque fibre de son corps. La tête lui tournait à nouveau.

— Tu disais qu'elle était morte, il me semble ? railla Damon.

Stefan était d'une pâleur mortelle. Son visage exsangue reflétait un profond désespoir.

— Regarde-la, rétorqua-t-il.

Damon souleva le menton d'Elena. Elle croisa ses yeux sombres. Puis de longs doigts habiles effleurèrent ses lèvres, les écartèrent pour se glisser dans sa bouche. Instinctivement, Elena essaya de mordre, mais pas très fort. Damon tâta la courbe acérée d'une canine, et Elena mordit vraiment, cette fois, comme aurait pu le faire un chaton.

Le visage de Damon était sans expression, son regard avait la dureté de la pierre.

— Est-ce que tu sais où tu te trouves ? demanda-t-il.

Elena jeta un coup d'œil autour d'elle. Des arbres.

— Dans la forêt, répondit-elle astucieusement.

— Et qui est-ce ?

Elle regarda dans la direction indiquée par son doigt tendu.

— Stefan, dit-elle avec indifférence. Ton frère.

— Et moi ? Est-ce que tu sais qui je suis ?

Elle lui sourit, découvrant ses dents blanches et pointues.

— Bien sûr. Tu es Damon, et je t'aime.

2

La voix de Stefan trahissait une rage à peine contenue.

— C'est ce que tu voulais, hein, Damon ? Il fallait que tu la rendes comme nous, comme toi. La tuer tout simplement ne te suffisait pas.

Damon ne prit même pas la peine de le regarder. Agenouillé près d'Elena, son menton toujours dans la main, il la fixait avec intensité.

— C'est la troisième fois que tu me dis ça, et je commence à m'en lasser, dit-il posément.

Échevelé, encore légèrement essoufflé par leur lutte, il gardait néanmoins une complète maîtrise de lui-même.

— Elena, est-ce que je t'ai tuée ?

— Bien sûr que non, répondit Elena, entrelaçant ses doigts à ceux de sa main libre.

Elle commençait à perdre patience. À quoi rimait cette discussion ? Personne n'avait été tué.

— Je ne pensais vraiment pas que tu en arriverais là, gronda Stefan. Tu avais tout fait, mais pas ça. Je ne t'avais jamais vu te défiler ainsi.

— Continue, et je vais perdre patience, prévint Damon.

— Qu'est-ce que tu peux me faire de plus ? rétorqua Stefan. Me tuer serait faire preuve de clémence.

— Il y a un siècle que j'ai renoncé à toute clémence envers toi, répondit Damon.

Il libéra enfin le menton d'Elena.

— Quels souvenirs as-tu de la journée qui vient de s'écouler ? lui demanda-t-il.

Elena s'exprima d'un ton forcé, comme une enfant récitant une leçon détestée.

— Aujourd'hui, c'était l'anniversaire de la fondation du lycée.

Elle leva les yeux vers Damon. C'était tout ce dont elle se souvenait, mais, visiblement, ça ne suffisait pas. Agacée, elle essaya de se rappeler autre chose.

— Il y avait quelqu'un à la cafétéria... Caroline.

Elle lui offrit le prénom comme un cadeau, ravie d'accéder à sa demande.

— Elle était sur le point de lire mon journal devant tout le monde, et c'était intolérable parce que...

Elle fouilla sa mémoire. Sans succès.

— Je ne me souviens plus pourquoi. Mais on l'a bien eue, conclut-elle en lui adressant un sourire complice.

— Oh ! « on », vraiment ?

— Oui. Tu le lui as pris. Tu l'as fait pour moi.

Elle glissa une main à l'intérieur de sa veste, cherchant à tâtons le petit carnet.

— Parce que tu m'aimes, minauda-t-elle en effleurant du doigt la couverture cartonnée. Tu m'aimes, pas vrai ?

Un léger bruit au centre de la clairière lui fit tourner la tête. Elle s'aperçut alors que Stefan avait détourné les yeux.

— Elena. Que s'est-il passé ensuite ? demanda Damon.

— Ensuite ? Ensuite, tante Judith a commencé à me faire la morale.

Elle considéra un moment la question, puis haussa les épaules.

— À propos de... je ne sais plus quoi. Ça m'a fichue en colère. Elle n'est pas ma mère. Elle n'a pas à me dire ce que je dois faire.

— Je ne pense pas que le problème se posera de nouveau, dit Damon d'un ton sec. Et ensuite ?

Elena poussa un profond soupir.

— Ensuite, j'ai pris la voiture de Matt. Matt, répéta-t-elle d'un air pensif, en passant la langue sur l'une de ses canines.

Elle eut la vision fugitive d'un beau garçon blond à la carrure athlétique.

— Matt.

— Et où es-tu allée avec la voiture de Matt ?

— Au pont Wickery, répondit Stefan en se retournant vers eux.

Son regard était noyé de chagrin.

— Non, à la pension, rectifia Elena avec agacement. Pour attendre... hmm... j'ai oublié. Bref, j'ai attendu là. Et puis... l'orage a éclaté. Le vent, la pluie, tout ça. C'était très violent. Je me suis réfugiée dans la voiture. Mais quelque chose m'a suivie.

— *Quelqu'un* t'a suivie, corrigea Stefan en fixant Damon.

— C'était une *chose*, insista Elena, de plus en plus agacée.

Elle en avait plus qu'assez de cette situation.

— Partons quelque part, rien que nous deux, proposa-t-elle à Damon en approchant son visage du sien.

— Encore un instant. Quelle sorte de chose t'a suivie ?

Elle s'écarta, exaspérée.

— Je n'en sais rien ! Ça ne ressemblait à rien de connu, de moi en tout cas ! Ce n'était pas comme toi et Stefan. C'était...

Des images défilèrent dans son esprit. De la brume flottant au ras du sol. Une forme, blanche, énorme, semblant issue de la brume même. Elle la poursuivait, tel un nuage poussé par le vent.

— Ce n'était peut-être qu'un phénomène dû à l'orage, dit-elle pensivement. Pourtant, j'ai eu l'impression que cette... chose me voulait du mal. Mais j'ai réussi à m'échapper.

Jouant avec la fermeture Éclair du blouson de cuir de Damon, elle eut un sourire furtif et leva vers lui un regard de pure innocence.

Pour la première fois, le visage de Damon exprima une émotion. Un rictus tordit ses lèvres.

— Tu t'es échappée.

— Oui. Je me suis souvenue de ce que... quelqu'un... m'avait dit sur l'eau courante. Les forces maléfiques ne peuvent pas la traverser. Alors j'ai roulé jusqu'à Drowning Creek, en direction du pont. Et ensuite...

Elle hésita, les sourcils froncés, fouillant de nouveau sa mémoire. L'eau. Elle se rappelait l'eau. Et quelqu'un qui criait. Mais rien d'autre.

— Et ensuite, j'ai traversé, conclut-elle joyeusement. Ça doit être ça, puisque je suis là. Et c'est tout. On peut y aller maintenant ?

Damon ne répondit pas.

— La voiture est encore dans la rivière, dit Stefan.

Damon et lui se regardaient comme deux adultes discutant d'un sujet grave en présence d'un enfant qui ne peut pas comprendre. De toute évidence, les hostilités étaient provisoirement suspendues. Et Elena n'appréciait pas d'être ainsi mise à l'écart. Elle ouvrit la bouche pour protester, mais Stefan poursuivait :

— Bonnie, Meredith et moi l'avons trouvée. J'ai plongé et je l'ai remontée, mais c'était déjà...

C'était déjà quoi ? se demanda Elena, perplexe.

Damon avait l'air amusé.

— Et tu as abandonné ? Toi, plus qu'aucun autre, tu aurais dû te douter de ce qui allait se passer. Ou l'idée te répugnait-elle tellement que tu ne pouvais même pas l'envisager ? Tu aurais préféré qu'elle soit réellement morte ?

— Je ne sentais plus son pouls, elle ne respirait plus ! s'emporta Stefan. Et elle n'avait pas reçu assez de sang pour être transformée !

Son regard se durcit.

— Pas de *moi* en tout cas.

Elena ouvrit de nouveau la bouche, mais Damon y posa deux doigts pour lui intimer le silence.

— C'est justement ça le problème maintenant, dit-il d'un ton suave. Mais peut-être es-tu trop aveugle pour t'en apercevoir ? Tu m'as demandé de la regarder ; regarde-la toi-même. Elle est en état de manque, en pleine confusion. Ça crève les yeux !

Il s'interrompit, un vague sourire flottant sur ses lèvres, puis il ajouta :

— Elle va avoir besoin de sang, de sang humain, ou son corps n'aura pas la force d'achever la transformation. Et elle mourra.

Comment ça, « en pleine confusion » ? pensa Elena, indignée.

— Je vais bien, merci, marmonna-t-elle derrière les doigts de Damon. Je suis fatiguée, c'est tout. J'allais dormir quand je vous ai entendus vous battre et que je suis venue t'aider. Tout ça pour que tu ne me laisses même pas le tuer, conclut-elle, dégoûtée.

— Au fait, pourquoi ne l'as-tu pas laissée faire ? demanda Stefan.

Il fixait Damon d'un regard hostile.

— Rien n'aurait été plus facile.

Damon lui rendit son regard, les yeux brillant d'une animosité non dissimulée.

— Peut-être que je n'aime pas la facilité, gronda-t-il, le souffle court.

Puis il parut se ressaisir. Avec une moue moqueuse, il ajouta :

— Fourre-toi bien ça dans ta petite tête, cher frère : si quelqu'un doit avoir la satisfaction de te tuer, ce sera moi. Personne d'autre. J'ai l'intention de me charger personnellement du boulot. Et je suis plutôt doué, tu peux me croire.

— Tu nous l'as prouvé plus d'une fois, rétorqua Stefan d'une voix sourde, comme si chaque mot lui coûtait.

— Mais cette fois, dit Damon en tournant vers Elena des yeux étincelants de satisfaction, je *n'ai pas* tué. Pourquoi l'aurais-je fait alors que je pouvais la transformer quand je le désirerais ?

— Peut-être parce qu'elle venait juste de promettre à quelqu'un d'autre de l'épouser.

Damon leva la main d'Elena, qui reposait dans la sienne. Au majeur, un anneau d'or orné d'une pierre d'un bleu profond étincelait. Elena détailla la bague d'un air intrigué. Elle se rappelait vaguement l'avoir déjà vue. Puis elle haussa les épaules et se laissa aller avec lassitude contre Damon.

— Eh bien, ça ne semble plus être un problème, dit Damon en la couvant du regard. Je pense même qu'elle a dû être contente de t'oublier.

Un sourire désagréable étira ses lèvres.

— Mais nous pourrons vérifier quand elle aura récupéré. Nous n'aurons qu'à lui demander de choisir entre nous deux. Qu'en dis-tu ?

Stefan secoua la tête avec écœurement.

— Comment peux-tu faire une pareille suggestion ? Après ce qui s'est passé...

Sa voix se brisa.

— Avec Katherine ? termina Damon. Je peux le dire, si tu en es incapable. Katherine a fait un choix ridicule, et elle en a payé le prix. Elena est différente. Mais que tu sois d'accord ou pas importe peu, ajouta-t-il avant que Stefan eût pu protester. Elle est affaiblie et elle a besoin de sang. Je vais lui en procurer et, ensuite, je me mettrai à la recherche de celui qui lui a fait ça. Tu peux venir ou pas. À ta guise.

Il se leva, entraînant Elena avec lui.

— Allons-y.

Elena le suivit volontiers, ravie de quitter cet endroit. L'atmosphère nocturne de la forêt était pour elle une source d'étonnement. Des chouettes poussaient leurs ululements mélancoliques et obsédants, et des souris détalaient entre ses pieds. L'air était plus froid par endroits, selon les déclivités du terrain. Tandis qu'ils s'éloignaient, foulant silencieusement le sol recouvert de feuilles gelées, Elena ne jeta pas un seul regard en arrière pour vérifier si Stefan les suivait.

Lorsqu'ils débouchèrent du bois, elle reconnut aussitôt les lieux. Elle s'y trouvait un peu plus tôt dans la journée. Mais le décor avait radicalement changé. Il y avait à présent des voitures de police, tous phares allumés, et de gros projecteurs devant lesquels se découpaient les silhouettes d'un groupe de gens affairés. Elena les observa avec curiosité. Certains lui étaient familiers. Par exemple, cette femme au visage étroit et aux yeux anxieux – tante Judith ? Et l'homme de grande taille à côté d'elle – le fiancé de tante Judith, Robert ?

Quelqu'un d'autre aurait dû se trouver avec eux, se dit Elena. Une fillette blonde. Mais, malgré ses efforts, aucun nom ne lui revint.

Elle connaissait aussi les deux filles qui se tenaient par le bras, au milieu des hommes en uniforme. La petite rousse qui pleurait s'appelait Bonnie. La grande brune, Meredith.

— Mais elle n'est pas *dans* l'eau, disait Bonnie à un policier, d'une voix tendue à craquer. On a vu Stefan l'en sortir. Je n'arrête pas de vous le répéter.

— Et vous l'avez laissée là avec lui ?

— On n'avait pas le choix. L'orage empirait, et il y avait quelque chose qui nous poursuivait...

— Peu importe, intervint Meredith, à peine plus calme que Bonnie. Stefan a dit que s'il... était forcé de la laisser, il la déposerait sous un saule.

— Et où est Stefan maintenant ? demanda un autre policier.

— On ne sait pas. On a rebroussé chemin pour aller chercher de l'aide. Il en a probablement fait autant. Mais pour ce qui est arrivé à... à Elena...

Bonnie détourna la tête et enfouit le visage au creux de l'épaule de Meredith.

Ils s'inquiètent pour *moi*, comprit Elena. Comme c'est stupide ! Je vais arranger ça.

Elle fit un pas en direction de la lumière, mais Damon la retint.

— Pas comme ça, souffla-t-il. Choisis ceux que tu veux et on les attirera.

— Ceux que je veux ? Pour quoi faire ?

— Pour te nourrir, Elena. Tu es un prédateur maintenant. Et ces gens sont tes proies.

Elena passa dubitativement sa langue sur ses dents. Elle ne voyait rien ici qui ressemblât à de la nourriture. Mais elle faisait confiance à Damon.

— Ton choix sera le mien, dit-elle d'un ton obligeant.

Damon pencha la tête en arrière, les yeux à demi clos, scrutant le groupe tel un expert évaluant une œuvre d'art.

— Eh bien, que dirais-tu d'une paire d'ambulanciers ?

— *Non*, dit une voix derrière eux.

Damon jeta à peine un regard à Stefan par-dessus son épaule.

— Pourquoi pas ?

— Parce qu'il y a eu suffisamment d'agressions comme ça. Elle a peut-être besoin de sang humain, mais elle n'est pas obligée de chasser.

Le visage de Stefan était fermé et hostile, mais on y lisait une détermination à toute épreuve.

— Il y a un autre moyen ? demanda ironiquement Damon.

— Tu le sais bien. Trouver quelqu'un qui soit consentant. Quelqu'un qui le ferait pour le bien d'Elena, et qui soit assez solide pour encaisser mentalement.

— Et je présume que tu sais où trouver un tel modèle de vertu ?

— Emmène-la au lycée ; je vous retrouve là-bas, se contenta de dire Stefan avant de disparaître.

Damon et Elena se détournèrent du bruit et des lumières. En jetant un dernier regard en arrière, Elena remarqua quelque chose de bizarre qu'elle n'avait pas vu au premier abord. Il y avait une voiture en plein milieu de la rivière. Elle était totalement immergée, excepté le pare-chocs avant qui pointait hors de l'eau.

Quelle idée de garer une voiture ici ! pensa-t-elle avant de suivre Damon dans la forêt.

Stefan se remettait à éprouver des sentiments.

C'était douloureux. Lui qui croyait qu'il ne souffrirait plus, qu'il ne serait même plus capable de ressentir quoi que ce soit. Quand il avait sorti de l'eau le corps inanimé d'Elena, il s'était dit que plus rien ne pourrait l'atteindre après ça, parce que rien ne pouvait rivaliser d'horreur avec ce moment-là.

Il se trompait.

Il s'arrêta et s'appuya contre un arbre, se forçant à respirer profondément. Quand les points rouges qui dansaient devant ses yeux disparurent, il reprit son chemin, mais la douleur qui lui brûlait la poitrine était toujours là. Arrête de penser à elle, s'ordonna-t-il, tout en sachant que c'était inutile.

Elena n'était pas morte. Il pourrait encore entendre sa voix, sentir le contact de sa peau...

Mais tout avait changé. Maintenant, quand elle l'approchait, c'était pour essayer de le tuer.

Il s'arrêta de nouveau, courbé en avant, redoutant de vomir.

La voir dans cet état était une torture bien plus grande que de la voir morte. Cela expliquait peut-être pourquoi Damon l'avait laissée vivre. C'était sans doute une forme subtile de vengeance.

Une fois qu'il aurait éliminé Damon, Stefan ferait peut-être ce qu'il avait prévu : attendre l'aube et enlever l'anneau d'argent qui le protégeait de la lumière du soleil. Baigner dans son étreinte enflammée jusqu'à ce qu'elle consume sa chair et fasse cesser la douleur une bonne fois pour toutes.

Mais il savait qu'il ne le ferait pas. Tant qu'Elena serait sur terre, il ne la quitterait pas. Même si elle le haïssait, même si elle le chassait. Il ferait tout ce qui était en son pouvoir pour la protéger.

Stefan passa par la pension où il logeait. Il devait se laver avant de se présenter devant des humains. Dans sa chambre, il nettoya les traces de sang sur son visage et son cou, puis il examina son bras. La cicatrisation avait déjà commencé, et en se concentrant il pourrait accélérer le processus. Son Pouvoir diminuait vite ; le combat avec son frère n'avait pas arrangé les choses. Mais il devait agir. C'était trop important.

Damon et Elena attendaient devant le lycée.

— Tu as intérêt à ce que ça marche, dit Damon, bouillant d'impatience.

Stefan ne répondit pas. La salle des fêtes était encore en pleine effervescence, même si le bal d'anniversaire de la fondation du lycée ne battait plus son plein. Les élèves qui étaient restés pendant l'orage s'attardaient, rassemblés en petits groupes discutant avec animation. Stefan sonda mentalement l'espace.

Il trouva la personne qu'il cherchait. Une tête blonde était penchée sur une table, à l'autre extrémité de la salle.

Matt.

Matt se redressa et regarda autour de lui d'un air perplexe. Stefan l'invita à sortir. *Tu as besoin de prendre l'air*, lui suggéra-t-il. *Tu as besoin de faire quelques pas dehors.*

À Damon, resté en retrait dans l'obscurité, il ordonna : *Emmène-la au labo photo. Ne vous montrez pas sans mon accord.* Puis il recula et attendit que Matt arrive.

Matt franchit le seuil de la porte, son visage aux traits tirés levé vers le ciel sans lune. Il sursauta violemment quand Stefan lui parla.

— Stefan ! Tu es ici !

Désespoir, espoir et horreur se peignirent à tour de rôle sur son visage.

— Ils l'ont déjà retrouvée ? Il y a du nouveau ?

— Qu'est-ce que *tu* sais ?

Matt le regarda un moment avant de répondre.

— Bonnie et Meredith nous ont dit qu'Elena était partie au pont Wickery avec ma voiture. Elles ont dit que...

Il s'interrompit et déglutit.

— Stefan, c'est pas vrai, hein ?

Ses yeux l'imploraient.

Stefan détourna le regard.

— Oh non ! murmura Matt d'une voix rauque.

Il tourna le dos à Stefan et enfouit son visage entre ses mains.

— J'arrive pas à y croire. *Non.* Ça peut pas être vrai.

— Matt... souffla Stefan en lui touchant l'épaule.

— Pardon, dit Matt, se ressaisissant. Tu dois vivre l'enfer, et je ne fais que te compliquer les choses.

Plus que tu ne le crois, pensa Stefan en laissant retomber sa main. Il était venu avec l'intention d'utiliser son Pouvoir pour le persuader. À présent, ça lui semblait impossible. Il ne pouvait pas faire ça, pas au premier – et seul – ami humain qu'il ait eu ici.

Son unique alternative était de lui dire la vérité. De le laisser faire son propre choix, en toute connaissance de cause.

— Si tu pouvais aider Elena, là, tout de suite, est-ce que tu le ferais ?

Matt était trop bouleversé pour s'étonner d'une telle question.

— Je ferais n'importe quoi pour elle, dit-il presque rageusement en s'essuyant les yeux du revers de la main.

Le souffle tremblant, il regarda Stefan avec une expression qui ressemblait à du défi.

Félicitations, pensa Stefan en sentant comme un vide au creux de son estomac. Tu viens de gagner un voyage pour les Ténèbres.

— Viens avec moi, dit-il. J'ai quelque chose à te montrer.

3

Elena et Damon étaient tapis dans l'ombre. Stefan sentit leur présence dans la petite annexe en ouvrant la porte du labo photo. Il laissa entrer Matt en premier.

— Ces portes sont habituellement fermées à clé, remarqua Matt tandis que Stefan allumait la lumière.

— Elles l'étaient, répondit laconiquement Stefan.

Il ne savait pas comment préparer Matt à ce qui allait suivre. Il ne s'était jamais délibérément révélé à un humain.

Il attendit que Matt se tourne vers lui et le regarde. La pièce était froide et silencieuse, l'air semblait y stagner lourdement. Dans le silence qui se prolongeait, il vit l'expression de Matt se modifier peu à peu, passant de l'expectative douloureuse à l'embarras.

— Je ne comprends pas, dit-il finalement.

— Je sais.

Il continua de regarder Matt, écartant résolument les barrières qui soustrayaient son Pouvoir à la perception humaine. Il vit la peur apparaître dans ses yeux.

— Qu'est-ce que...

— Tu te poses sûrement beaucoup de questions sur moi, le coupa Stefan. Pourquoi je porte des lunettes de soleil pendant la journée, même quand le temps est gris. Pourquoi je ne mange pas. Pourquoi mes réflexes sont si rapides.

Matt avait la bouche sèche. Grâce à ses sens aiguisés de prédateur, Stefan entendait les battements affolés de son cœur.

— Non, souffla Matt.

— Tu t'es *forcément* demandé pourquoi j'étais si différent.

— Non. Je veux dire... ça m'est égal. Je ne me mêle pas des affaires des autres.

Matt avait commencé à se rapprocher lentement de la porte.

— Arrête, Matt. Je ne vais pas te faire de mal, mais je ne peux pas te laisser partir maintenant.

Stefan sentait l'avidité mal contenue émanant d'Elena. *Attends*, lui dit-il mentalement.

Matt se figea, abandonnant toute tentative de fuite.

— Si tu voulais m'effrayer, c'est réussi, murmura-t-il. Qu'est-ce que tu veux d'autre ?

Maintenant, ordonna Stefan à Elena.

— Retourne-toi, ordonna-t-il à Matt.

Matt obéit. Et étouffa un cri.

Elena se tenait devant lui, mais pas l'Elena qu'il avait vue pour la dernière fois l'après-midi même. Elle avait à présent les pieds nus sous l'ourlet de sa robe longue. Les plis fluides de la mousseline blanche qui moulait son corps étaient parsemés de cristaux de glace qui scintillaient dans la lumière. Sa peau, aussi pâle que d'habitude, avait un étrange éclat glacé, et ses cheveux blond doré semblaient recouverts d'un voile argenté. Mais le véritable changement se trouvait sur son visage. Ses yeux d'un bleu profond étaient à la fois lourds, presque ensommeillés, et anormalement aux aguets. Une expression de jouissance anticipée, comme dans l'attente d'un festin, flottait sur ses lèvres. Elle était plus belle que jamais, mais d'une beauté effrayante.

Paralysé, Matt vit Elena sortir la pointe rose de sa langue et la passer sur ses lèvres.

— Matt, dit-elle, s'attardant langoureusement sur la première consonne du prénom.

Puis elle sourit.

Matt inspira profondément, puis un gémissement proche du sanglot lui échappa tandis qu'il s'écartait instinctivement d'Elena.

Tout va bien, le rassura Stefan par la pensée. Alors que Matt se tournait vers lui, les yeux agrandis de stupeur, il ajouta :

— Maintenant, tu sais.

L'expression de Matt disait qu'il ne voulait surtout pas savoir. Damon choisit cet instant pour sortir de l'ombre et venir se placer aux côtés d'Elena, ajoutant à l'atmosphère chargée de la pièce.

Matt était cerné. Ils étaient là, autour de lui, inhumainement beaux, inhumainement menaçants.

Stefan sentait la peur sourdre par tous les pores de sa peau. C'était la peur impuissante du lapin face au renard, de la souris face au hibou. Et Matt avait raison d'avoir peur. Ils étaient de la race des chasseurs ; lui était la proie. Leur but était de le tuer.

Et en cet instant précis les instincts prédominaient. L'instinct de Matt le poussait à fuir, celui des prédateurs à le pourchasser ; c'était aussi simple que ça. Si Matt décampait, Stefan ne pourrait plus répondre des conséquences.

Nous ne te voulons aucun mal, lui dit-il. *Elena a besoin de toi, et ce dont elle a besoin ne te causera aucune lésion irrémédiable. Ce ne sera même pas douloureux, Matt.*

Mais tout le corps de Matt était encore tendu dans une amorce de fuite. Stefan se rendit compte qu'ils se rapprochaient tous les trois de lui, prêts à lui barrer la route.

Tu disais que tu ferais n'importe quoi pour Elena, lui rappela-t-il.

Cette fois, l'argument fit mouche. Matt prit une profonde inspiration, ses muscles se relâchèrent. Sa décision était prise.

— Tu as raison ; je l'ai dit.

Rassemblant son courage, il reprit :

— De quoi a-t-elle besoin ?

Elena se pencha vers lui et suivit du bout du doigt le trajet d'une veine sur son cou.

— Pas celle-là, intervint aussitôt Stefan. Tu le tuerais. Explique-lui, Damon.

Explique-lui, insista-t-il, voyant que Damon ne faisait aucun effort dans ce sens.

— Essaye là, ou ici, conseilla Damon avec une précision clinique, en soulevant le menton de Matt.

Il était assez fort pour que Matt ne puisse pas se libérer de sa prise, et Stefan sentit la panique de Matt se réveiller.

Fais-moi confiance, Matt. Il vint se placer derrière lui. *Mais tu dois choisir librement. Tu peux encore changer d'avis.*

Matt hésita, puis déclara entre ses dents serrées :

— Non. Je veux le faire. Je veux t'aider, Elena.

— Matt, murmura-t-elle, ses yeux bleus aux paupières lourdes rivés aux siens.

Puis son regard glissa vers son cou et ses lèvres s'entrouvrirent avec avidité. Il n'y avait plus aucune place pour l'incertitude. Sa faim exigeait d'être comblée.

— Matt.

Elle sourit encore, puis elle fondit sur lui avec la rapidité d'un oiseau de proie.

Stefan plaça une main dans le dos de Matt pour le soutenir. L'espace d'un instant, quand les dents d'Elena pénétrèrent sa chair, Matt essaya de se dérober, mais Stefan lui envoya rapidement un message : *Ne résiste pas ; c'est la résistance qui provoque la douleur.*

Alors que Matt avait toutes les peines du monde à s'abandonner, une aide inattendue lui vint d'Elena. Elle irradiait le doux bien-être d'un louveteau en train de téter. Elle s'abreuvait, fière d'avoir réussi à appliquer la bonne technique du premier coup cette fois. Elle satisfaisait sa faim avec... de la gratitude envers Matt, réalisa Stefan, pris d'un brusque accès de jalousie. Elle ne haïssait pas Matt. Elle ne voulait pas le tuer, parce qu'il ne représentait aucune menace pour Damon. Elle avait de l'affection pour lui.

Stefan la laissa se nourrir tant que c'était sans danger, puis il intervint. *Ça suffit, Elena. Tu vas lui faire du mal.*

Malgré ses efforts, combinés à ceux de Damon et d'un Matt plutôt groggy, il eut du mal à lui faire lâcher prise.

— Elle a besoin de repos maintenant, dit Damon. Je l'emmène dans un endroit où elle sera en sécurité.

Il ne demandait pas la permission de Stefan ; il l'informait simplement.

Tandis qu'ils s'éloignaient, il envoya un message mental à Stefan :

Je n'ai pas oublié la façon dont tu m'as attaqué, petit frère. On en reparlera plus tard.

Stefan les regarda s'en aller. Avec quelle docilité Elena suivait Damon, sans poser la moindre question... Mais elle était hors de danger à présent ; le sang de Matt lui avait fourni l'énergie nécessaire à sa survie. Stefan devait se raccrocher à cette idée, se persuader que c'était tout ce qui comptait.

Il se retourna vers Matt. Affalé sur une chaise en plastique, l'air hébété, ce dernier fixait un point invisible devant lui.

Puis ses yeux se levèrent vers Stefan, et ils se regardèrent gravement.

— Voilà, dit Matt. Maintenant, je sais.

Il secoua la tête.

— Mais j'arrive toujours pas à y croire, murmura-t-il avant de tâter son cou avec précaution et de grimacer. Sauf qu'il y a ça.

Puis il se tut, plongé dans ses pensées.

— Ce type – Damon, reprit-il enfin. Qui est-ce ?

— Mon frère aîné, répondit Stefan sans aucune émotion. Comment sais-tu son nom ?

— Il était chez Elena la semaine dernière. Le chat a craché dès qu'il l'a vu.

Matt s'interrompit, se souvenant visiblement de quelque chose.

— Et Bonnie a eu une sorte de vision.

— Une prémonition ? Qu'est-ce qu'elle a dit ?

— Elle a dit – elle a dit que la Mort était dans la maison.

Stefan regarda la porte par laquelle Damon et Elena venaient de sortir.

— Elle avait raison.

— Stefan, qu'est-ce qui se passe ? Je ne comprends toujours pas. Qu'est-ce qui est arrivé à Elena ? Est-ce qu'elle va rester comme ça pour toujours ? On ne peut rien faire ?

— Rester comment ? répliqua brutalement Stefan. Incohérente ? Vampire ?

Matt détourna le regard.

— Les deux.

— Elle devrait revenir à un comportement plus rationnel maintenant qu'elle s'est nourrie. C'est du moins ce que Damon pense. Quant à la deuxième partie du problème, tu ne peux faire qu'une seule chose pour changer sa condition.

Alors qu'une lueur d'espoir s'allumait dans les yeux de Matt, Stefan poursuivit implacablement :

— Tu peux prendre un pieu en bois et lui transpercer le cœur avec. Ensuite, elle ne sera plus un vampire. Elle sera juste morte.

Matt se leva et alla à la fenêtre.

— De toute façon tu ne la tuerais pas, parce que c'est déjà fait. Elle s'est noyée dans la rivière, Matt. Mais parce qu'elle a reçu une quantité suffisante de mon sang et, semble-t-il, de celui de mon frère, elle s'est transformée au lieu de mourir tout simplement. Elle s'est réveillée vampire, comme nous. C'est ce qu'elle sera désormais.

— J'ai toujours su que tu étais différent, répondit Matt sans se retourner. Je me disais que c'était juste parce que tu venais d'un pays étranger. Mais, au fond, je savais que ce n'était pas seulement ça. Et quelque chose me disait que je pouvais quand même te faire confiance, alors c'est ce que j'ai fait.

— Comme quand tu es venu chercher des plantes avec moi.

— Ouais. Par exemple. Au fait, tu peux me dire à quoi elles devaient servir ?

— À protéger Elena. Je voulais garder Damon éloigné d'elle. Mais il semble que ce n'était pas ce qu'*elle* voulait.

Sa voix trahissait son amertume devant ce qu'il considérait comme une trahison.

Matt se retourna.

— Ne la juge pas avant d'avoir tous les éléments, Stefan. Crois-moi.

Stefan fut d'abord surpris, puis il sourit. Un sourire sans joie. En tant qu'ex d'Elena, Matt et lui se trouvaient maintenant dans la même position. Il se demanda s'il accepterait sa défaite d'aussi bonne grâce que Matt. Comme un gentleman.

Il en doutait.

À l'extérieur, un long cri fusa. Il était inaudible pour des oreilles humaines, et Stefan faillit l'ignorer... Puis il se souvint de ce qu'il avait fait, seulement quelques heures auparavant. Et la honte et l'horreur le submergèrent.

Fou de douleur après la découverte d'Elena, sa raison l'avait abandonné. Mais ça n'excusait en rien son acte. Tyler Smallwood et ses gros bras étaient-ils tous morts ? Lui qui avait juré de ne plus jamais tuer, avait-il supprimé six personnes ce même jour ?

— Stefan, attends ! Où est-ce que tu vas ?

Comme il ne répondait pas, Matt le suivit, courant presque pour rester à sa hauteur. Stefan sortit du bâtiment principal du lycée et prit la direction du terrain en construction. M. Shelby se trouvait près de la baraque de chantier.

Le visage du gardien était blême et figé dans une expression d'horreur. Il semblait essayer de hurler, mais seuls des petits halètements rauques sortaient de sa bouche. Stefan passa devant lui et regarda dans la baraque. Une étrange impression de déjà-vu le saisit.

On aurait dit la chambre du tueur fou dans *La Maison hantée*, la représentation théâtrale donnée pour la fête du lycée. Sauf qu'il ne s'agissait pas d'une scène fictive. C'était bel et bien réel.

Des corps gisaient un peu partout, au milieu des débris de bois et de verre de la fenêtre fracassée. Les murs et le sol étaient éclaboussés de sang séché. Et un seul coup d'œil sur les corps en révélait la raison : chacun portait au cou une double blessure violet sombre. Sauf Caroline. Son cou était intact, mais ses yeux étaient fixes et sans expression.

Derrière Stefan, Matt suffoquait littéralement.

— Stefan, Elena n'a pas... elle n'a pas...

— Tais-toi, répondit laconiquement Stefan.

Il regarda de nouveau M. Shelby. Mais le gardien était pour l'instant hors circuit, à demi effondré sur son chariot de balais et d'éponges. Des éclats de verre crissèrent sous les pieds de Stefan quand il s'avança vers Tyler pour s'agenouiller près de lui.

Encore vivant, constata-t-il avec un immense soulagement. La poitrine de Tyler bougeait faiblement. Quand Stefan lui souleva la tête, ses yeux s'entrouvrirent, vitreux et rivés au néant.

Tu ne te souviens de rien, lui ordonna mentalement Stefan, tout en se demandant pourquoi il se donnait tant de mal. Le plus sage serait de quitter Fell's Church et de ne jamais revenir.

Mais il ne le ferait pas. Pas tant qu'Elena était ici.

Il captura dans son filet mental les esprits inconscients des autres victimes et leur transmit le même message, le faisant pénétrer profondément dans leurs cerveaux. *Vous ne vous souvenez pas de votre agresseur. L'après-midi entier s'est effacé de votre mémoire.*

Il sentit son Pouvoir vibrer comme un muscle trop sollicité. Il était proche de l'épuisement.

Dehors, M. Shelby avait enfin retrouvé sa voix et appelait à l'aide. D'un air las, Stefan laissa glisser la tête de Tyler jusqu'au sol et se retourna.

Matt grimaçait, comme s'il venait de sentir une odeur dégoûtante. Son regard était halluciné.

— Elena n'a pas fait ça, souffla-t-il. C'est *toi*.

Tais-toi ! Stefan l'écarta de son chemin et sortit dans la bienfaisante fraîcheur nocturne. Il avait besoin de mettre de la distance entre lui et cette vision de cauchemar. Des bruits de pas précipités provenant de la cafétéria voisine l'informèrent que des humains avaient enfin entendu les appels du gardien.

— C'est toi, hein ?

Matt avait suivi Stefan dehors. Le ton de sa voix indiquait un besoin urgent de comprendre.

Stefan réagit avec violence.

— Oui, c'est moi, gronda-t-il férocement.

Il tenait Matt sous son regard, ne dissimulant rien de la menace qu'il pouvait représenter pour lui.

— Je te l'ai dit, Matt, nous sommes des chasseurs. Des tueurs. Tu es l'agneau ; nous sommes les loups. Et Tyler n'a pas cessé de me chercher depuis mon arrivée ici.

— Chercher un coup de poing sur la gueule, sûrement. Comme tu l'as fait une fois. Mais... ça ?

Matt se rapprocha de lui sans aucune crainte, son regard rivé au sien. Il avait du courage, Stefan devait l'admettre.

— Et tu n'es même pas désolé ? Tu ne le regrettes pas ?

— Pourquoi je devrais regretter ? répliqua Stefan d'une voix dénuée de toute émotion. Est-ce que tu éprouves du regret quand tu manges trop de steak ? Est-ce que tu te sens désolé pour la vache ?

Devant l'expression d'incrédulité écœurée de Matt, Stefan choisit d'enfoncer le clou. Mieux valait que Matt reste loin de lui désormais. Très loin. Ou il risquait de finir comme ces types dans la baraque.

— Je suis ce que je suis, Matt. Et si tu ne peux pas le supporter, tu ferais mieux de ne plus m'approcher.

Matt le regarda encore un moment, l'incrédulité se transformant lentement en désillusion. Les muscles de sa mâchoire tressaillirent. Puis, sans un mot, il tourna les talons.

Elena était dans le cimetière.

Damon l'avait laissée là, l'exhortant à ne pas bouger jusqu'à son retour. Mais elle n'avait pas envie de rester assise. Elle était fatiguée sans avoir vraiment sommeil, et le sang frais agissait sur elle comme une bonne dose de caféine. Elle brûlait d'explorer les alentours.

Le cimetière débordait d'activité bien qu'il n'y eût pas un humain en vue. Un renard sortit furtivement de l'ombre en direction de la rivière. Des rongeurs creusaient des galeries sous l'herbe rase entourant les tombes, avec des petits couinements et des bruits de pattes affairées. Un hibou prit silencieusement son envol vers l'église en ruine. Il se posa sur le clocher en poussant un cri étrange.

Elena se leva et marcha dans cette direction. Ça ne lui ressemblait pas de rester plantée ainsi comme une potiche. Elle regarda avec intérêt les vieilles pierres de l'église. La majeure partie du toit s'était effondrée, et il ne restait que trois murs debout, mais le clocher se dressait tel un monument solitaire dans les décombres.

Sur un côté se trouvait la tombe de Thomas et Honoria Fell. Elena détailla avec curiosité leurs effigies de marbre blanc sur la dalle. Ils reposaient paisiblement, les yeux clos, les mains croisées sur la poitrine. Thomas Fell avait l'air sérieux et un peu sévère, mais Honoria semblait simplement triste. Elena pensa distraitement à ses propres parents, enterrés côte à côte dans le nouveau cimetière.

Je vais rentrer à la maison, décida-t-elle soudain, alors que le souvenir de sa maison lui revenait. Elle pouvait se la représenter parfaitement à présent : sa jolie chambre aux rideaux bleus, les meubles en cerisier et la petite cheminée. Et puis... il y avait quelque chose d'important sous le plancher de la penderie.

Elle retrouva instinctivement le chemin de Maple Street. C'était une très vieille maison, avec un porche et des baies vitrées sur la façade principale. La voiture de Robert était garée dans l'allée.

Elena se dirigea vers la porte d'entrée, puis s'arrêta soudain. Elle savait qu'elle ne devait pas se montrer, même si elle ne se rappelait pas encore pourquoi. Après un instant d'hésitation, elle grimpa avec agilité au cognassier dont les branches atteignaient la fenêtre de sa chambre.

Là, elle s'aperçut qu'elle ne pouvait pas entrer. Une femme était assise sur son lit, les yeux baissés sur son kimono de soie rouge posé sur ses genoux. Tante Judith. Robert, debout à côté de la commode, lui parlait. Elena percevait le murmure de sa voix malgré l'épaisseur de la vitre.

— ... y retourneront demain. S'il n'y a pas d'orage. Ils fouilleront chaque centimètre carré de cette forêt, et ils la trouveront, Judith. Tu verras.

Tante Judith ne répondit pas, et il continua, d'un ton plus déterminé encore.

— Nous ne pouvons pas baisser les bras, quoi que disent les filles...

— Ça n'ira pas, Bob.

Tante Judith avait enfin levé la tête. Ses yeux étaient rouges mais secs.

— C'est inutile.

— Les recherches ? Je ne veux pas t'entendre parler ainsi, dit-il avec douceur en la rejoignant.

— Non, ce n'est pas seulement ça... même si je sais, au fond de moi, que nous ne la retrouverons pas vivante. Je veux dire... tout. Nous. Ce qui s'est passé aujourd'hui est notre faute.

— Ce n'est pas vrai. C'était un horrible accident.

— Oui, mais nous en sommes responsables. Si nous n'avions pas été si sévères avec elle, elle ne serait jamais partie toute seule et n'aurait pas été prise dans l'orage. Non, Bob, ne m'interromps pas ; je veux que tu m'écoutes.

Tante Judith prit une profonde inspiration et poursuivit.

— Ça ne date pas d'aujourd'hui. Elena avait des problèmes depuis longtemps, depuis la rentrée scolaire, en fait, et je n'ai pas su voir les signaux d'alarme. Parce que j'étais trop centrée sur moi-même – sur *nous* – pour y prêter attention. Ça m'apparaît clairement à présent. Et maintenant qu'Elena... est partie... je ne veux pas que cela se reproduise avec Margaret.

— Qu'est-ce que tu veux dire ?

— Je veux dire que je ne peux pas t'épouser, pas maintenant. Peut-être jamais.

Elle parlait avec douceur, sans le regarder.

— Margaret a déjà beaucoup trop perdu. Je ne veux pas qu'elle ait aussi l'impression de me perdre.

— Elle ne te perdra pas. La seule différence, c'est qu'elle gagnera quelqu'un, parce que je serai plus souvent là. Tu sais quelle affection je lui porte.

— Je suis désolée, Bob ; je ne vois pas les choses de cette façon.

— Tu n'es pas sérieuse. Après tout le temps que j'ai passé ici... après tout ce que j'ai fait...

— Je *suis* sérieuse, le coupa tante Judith d'une voix vidée de son énergie mais implacable.

Depuis son perchoir, Elena observa Robert avec curiosité. Son visage avait viré au rouge, comme s'il avait du mal à contenir la violence de ses émotions.

— Tu verras les choses autrement demain, grommela-t-il.

— Non, je ne les verrai pas autrement.

— Tu ne le penses pas vraiment...

— Je le pense *vraiment*. Ne crois pas que je vais changer d'avis, parce que ça n'arrivera pas.

Pendant un instant, Robert regarda autour de lui avec impuissance ; puis son expression s'assombrit. Quand il reprit la parole, sa voix était froide et monocorde.

— Je vois. Eh bien, si c'est ton dernier mot, plus rien ne me retient ici.

— Bob ! s'écria tante Judith.

Mais il avait déjà passé la porte. Elle se leva, vacillante, comme si elle hésitait sur la conduite à suivre. Ses doigts pétrissaient le vêtement de soie d'Elena.

— Bob ! appela-t-elle encore, de façon plus pressante, et elle se tourna pour jeter le kimono sur le lit avant de s'élancer à sa poursuite.

Mais, là, elle se figea et porta la main à sa bouche. Ses yeux fixaient ceux d'Elena à travers la vitre. Pendant un long moment, elles se regardèrent ainsi, sans bouger. Puis la main de tante Judith retomba, et elle poussa un hurlement.

4

ELENA SE SENTIT BRUTALEMENT TIRÉE EN ARRIÈRE. Avec un grondement de protestation, elle lâcha prise et atterrit sur les pieds, comme un chat. La seconde d'après, ses genoux heurtaient violemment le sol. Elle se cabra, les doigts recourbés, telles des serres, prête à contre-attaquer. Damon écarta sa main d'une tape.

— Pourquoi tu m'as fait tomber ? lui reprocha-t-elle.

— Pourquoi n'es-tu pas restée là où je t'avais laissée ? contra-t-il durement.

Ils se mesurèrent du regard, aussi furieux l'un que l'autre. Le hurlement continuait dans la chambre, accompagné maintenant de raclements et de coups à la fenêtre.

— Éloignons-nous de ce remue-ménage, jeta Damon avec mépris.

Sans attendre sa réponse, il saisit Elena par le bras. Elle résista.

— Je dois rentrer !

— Tu ne peux pas.

Il lui adressa un sourire féroce.

— Je veux dire littéralement. Tu ne *peux* pas entrer dans cette maison. Tu n'as pas été invitée.

Momentanément désarmée, Elena le laissa l'entraîner quelques mètres plus loin. Puis elle résista de nouveau.

— Mais il me faut mon journal !

— Quoi ?

— Il est dans la penderie, sous le plancher. Et j'en ai besoin. Je ne peux pas aller me coucher sans mon journal.

Elena ne savait pas elle-même pourquoi elle s'affolait à ce point. Elle savait juste que c'était important.

Damon, qui paraissait pourtant à bout de patience, se détendit brusquement.

— Tiens, dit-il d'un ton magnanime.

Il sortit quelque chose de son blouson.

— Le voilà.

Elena considéra son offre d'un air dubitatif.

— C'est ton journal, n'est-ce pas ?

— Oui, mais c'est l'ancien. Je veux le nouveau.

— Tu devras te contenter de celui-ci, parce que c'est tout ce que tu auras. Maintenant viens, avant qu'ils n'ameutent tout le quartier.

Sa voix était redevenue froide et impérieuse.

Elena regarda le carnet. Il était petit, avec une couverture de velours bleu et une fermeture en cuivre. Peut-être pas la plus récente édition, mais il lui était familier. Elle décida de s'en satisfaire.

Elle laissa Damon l'entraîner dans la nuit, sans lui demander où ils se rendaient. Ça lui était égal. Mais elle reconnut la maison de Magnolia Avenue ; c'était là que vivait Alaric Saltzman.

Ce fut Alaric en personne qui leur ouvrit la porte et les invita à entrer. Mais le prof d'histoire paraissait bizarre. Il ne semblait pas les voir vraiment. Ses yeux étaient fixes, et il se déplaçait comme un automate.

Elena se lécha les lèvres.

— Non, dit aussitôt Damon. On n'y touche pas. Ce type n'est pas net. Mais tu devrais être en sécurité chez lui. J'ai déjà dormi ici. Viens.

Il la conduisit jusqu'à un grenier comportant une unique petite fenêtre. L'endroit était jonché d'objets hétéroclites : des luges, des skis, un hamac. À une extrémité de la pièce, un vieux matelas était posé à même le sol.

— Demain matin il ne se souviendra même pas que tu es là. Couche-toi.

Elena obéit, adoptant une position qui lui semblait naturelle. Elle s'allongea sur le dos, mains croisées sur le journal qu'elle tenait serré contre sa poitrine.

Damon déploya une toile cirée sur elle.

— Endors-toi, Elena.

Il se pencha vers elle et l'espace d'un instant elle crut qu'il allait... Elle ne savait pas. Son esprit était trop confus. Mais ses yeux noirs comme la nuit emplirent son champ de vision. Puis il s'écarta, et elle put de nouveau respirer. L'obscurité du grenier l'enveloppa. Ses paupières s'alourdirent, et elle s'endormit.

Elle émergea lentement du sommeil, prenant progressivement conscience de l'endroit où elle se trouvait. Un grenier, semblait-il. Que faisait-elle là ?

Des rats ou des souris se bagarraient quelque part entre les piles d'objets recouverts de toiles cirées. Un pâle rai de lumière filtrait par les interstices de la fenêtre aux volets fermés. Elena repoussa sa couverture de fortune et se leva pour inspecter les lieux.

C'était effectivement un grenier, et pas celui d'une de ses connaissances. Elle avait l'impression d'être en convalescence après avoir été longtemps malade. Quel jour sommes-nous ? se demanda-t-elle.

Des voix résonnaient en bas. Quelque chose lui disait de rester prudente et silencieuse. Elle ouvrit sans bruit la porte du grenier et descendit jusqu'au palier avec précaution. En se penchant, elle vit un salon. Elle le reconnut ; elle s'était assise sur ce canapé quand Alaric Saltzman avait donné sa petite fête. Elle était chez les Ramsey.

Et Alaric Saltzman se trouvait là ; elle apercevait le sommet de son crâne auréolé de cheveux blond roux. Sa voix la déconcerta. Au bout d'un moment, elle comprit pourquoi : il ne semblait ni gauche, ni superficiel, ni tout ce qu'il était d'ordinaire pendant les cours. Il ne débitait pas non plus son habituel jargon psy. Il parlait posément et avec fermeté à deux autres hommes.

— Elle peut être n'importe où, y compris sous notre propre nez. Mais plus vraisemblablement en dehors de la ville. Peut-être dans la forêt.

— Pourquoi la forêt ? demanda l'un des hommes.

Elena connaissait aussi cette voix, et cette tête chauve. C'était M. Newcastle, le proviseur.

— Rappelez-vous, les deux premières victimes ont été retrouvées près de la forêt, dit l'autre homme.

Le Dr Feinberg ? s'étonna Elena. Qu'est-ce qu'il fait là ? Qu'est-ce que *je* fais là ?

— Il n'y a pas que ça, disait Alaric.

Les deux hommes l'écoutaient avec respect, avec une certaine déférence même.

— La forêt joue un rôle important pour eux. Ils y ont sans doute un repaire où ils peuvent se réfugier en cas de danger. S'il y en a un, je le trouverai.

— En êtes-vous sûr ? demanda le Dr Feinberg.

— Oui.

— Et vous pensez qu'Elena se trouve dans ce repaire, dit le proviseur. Mais y restera-t-elle ? Ou reviendra-t-elle en ville ?

— Je l'ignore.

Alaric fit quelques pas et prit un livre sur la table basse. Il se mit à le feuilleter distraitement.

— Surveiller ses amies est une manière de le savoir. Bonnie McCullough et cette fille aux cheveux noirs, Meredith. Il y a des chances qu'elles soient les premières à la voir. C'est ce qui se produit habituellement.

— Et quand nous l'aurons retrouvée ? demanda le Dr Feinberg.

— Je me charge du reste, assura Alaric d'un ton calme et grave.

Il referma le livre et le laissa tomber sur la table basse avec un bruit définitif.

Le proviseur regarda sa montre.

— Je ferais mieux d'y aller ; la cérémonie commence à dix heures. Je suppose que vous y serez tous les deux ?

Il s'arrêta à mi-chemin de la porte et tourna la tête, l'air indécis.

— Alaric, j'espère que tout ceci est à votre portée. Quand je vous ai fait venir, les choses n'en étaient pas à ce point. Maintenant, je commence à me demander...

— Je vous le répète, Brian, vous pouvez compter sur moi. À moins que vous ne préfériez voir Robert E. Lee High School faire la une de tous les journaux, pas seulement comme le théâtre d'une tragédie mais comme « le lycée hanté du comté de Boone » ? Un lieu de villégiature pour les goules ? Le lycée où les morts se baladent en toute liberté ? C'est ce genre de publicité que vous voulez ?

M. Newcastle hésita, se mordillant nerveusement la lèvre, puis il hocha la tête, mais sans grande conviction.

— Très bien, Alaric. Mais que ce soit rapide et sans bavure. À tout à l'heure à l'église.

Il s'en alla, aussitôt suivi par le Dr Feinberg.

Alaric demeura un certain temps sans bouger, le regard fixé dans le vide. Finalement, il hocha la tête et se dirigea à son tour vers la porte.

Elena remonta lentement les marches.

Qu'est-ce que tout ça signifiait ? Elle avait absolument besoin de savoir pourquoi elle se trouvait ici, et pourquoi elle avait tellement peur de se montrer.

En faisant le tour du grenier, elle ne vit d'abord rien qui pût l'aider. Puis elle aperçut le petit carnet bleu sur le matelas.

Son journal ! Elle s'en empara vivement et l'ouvrit à la dernière page. Les notes s'arrêtaient un 17 octobre ; ce qui ne l'aidait en rien à connaître la date actuelle. Mais à la vue de ces pages d'écriture, des images commencèrent à défiler dans son esprit, s'alignant comme des perles pour former des souvenirs. Captivée, elle s'assit lentement sur le matelas. Elle revint au début du carnet et commença à lire la vie d'Elena Gilbert.

Quand elle eut terminé, un sentiment d'horreur indicible l'étreignait. Il y avait tant de souffrance dans ces pages. Tant de projets, tant de secrets, tant de manques. C'était l'histoire d'une fille qui se sentait étrangère dans sa ville natale, dans sa propre famille. Qui était en quête de... quelque chose qu'elle ne pourrait jamais atteindre. Mais ce n'était pas ça qui l'horrifiait au point de lui donner le vertige. C'était le fait de se *souvenir*.

Car elle se souvenait de tout à présent.

Le pont, la rivière en furie. Sa terreur quand l'air lui avait manqué et qu'il n'y avait plus eu que du liquide à aspirer. La douleur atroce. Et puis l'instant final, quand la douleur avait cessé, quand tout s'était arrêté. Quand tout... s'était arrêté.

Oh ! Stefan, j'avais si peur... Stefan. Comment avait-elle pu se conduire ainsi avec lui ? Comment avait-elle pu l'oublier, lui et tout ce qu'il avait représenté pour elle ? Qu'est-ce qui l'avait poussée à agir de cette façon ?

Mais elle savait. Au fond d'elle-même, elle savait parfaitement. Personne ne pouvait se relever d'une noyade. Personne ne pouvait se noyer et continuer à vivre.

Lentement, elle se leva et alla à la fenêtre aux volets fermés. Tel un miroir, la vitre obscurcie lui renvoya son pâle reflet.

Ce n'était pas le reflet aperçu dans son rêve ; ce rêve où elle s'était vue longer un mur de miroirs qui semblaient animés d'une vie propre. Il n'y avait rien de sournois ni de cruel dans ce visage. C'était son visage habituel. Exactement le même, et pourtant différent. Sa peau était d'une blancheur translucide et ses yeux creusés en disaient long. Elle toucha son cou... aux deux endroits où Stefan et Damon s'étaient abreuvés de son sang. En avaient-ils absorbé suffisamment ? Et elle, en retour, avait-elle pris assez ?

Sans doute. Et maintenant, pour le reste de son existence, elle devrait se nourrir comme Stefan le faisait. Elle le devrait...

Elle tomba à genoux, pressant son front contre le mur. Je ne peux pas, pensa-t-elle avec désespoir. Oh ! je vous en prie, je ne peux pas ! Je ne peux pas !

Elle n'avait jamais été particulièrement croyante. Mais la terreur qui montait du plus profond de son être la poussait à appeler à l'aide. *Oh ! je vous en prie ! Oh ! s'il vous plaît, s'il vous plaît, aidez-moi !*

Elle resta un long moment prostrée, sans rien pouvoir faire d'autre qu'implorer, comme une enfant perdue qui ne sait plus vers qui se tourner.

Puis elle se releva.

Son visage pâle rayonnait d'une étrange beauté, comme de la porcelaine fine éclairée de l'intérieur. Ses yeux étaient encore cernés d'ombres. Mais une farouche détermination les habitait.

Elle devait trouver Stefan. Lui seul saurait lui dire si elle pouvait espérer une aide. Et s'il n'y avait aucune issue... eh bien, elle aurait d'autant plus besoin de lui. Elle ne voulait pas être ailleurs qu'avec lui.

En sortant, elle referma avec précaution la porte du grenier derrière elle. Alaric Saltzman ne devait surtout pas découvrir leur cachette. Un calendrier suspendu au mur du couloir indiquait la date du 4 décembre. Quatre jours s'étaient écoulés depuis le samedi précédent. Elle avait dormi pendant quatre jours.

Une fois parvenue à la porte d'entrée, elle recula devant la lumière du jour. C'était douloureux. Malgré le ciel couvert, signe de pluie ou de neige imminente, ses yeux ne supportaient pas la luminosité. Elle dut se faire violence pour quitter la protection de la maison et s'aventurer en terrain découvert. Elle rasa les clôtures, restant près des arbres, prête à se faufiler sous l'ombre de leur feuillage à la moindre alerte. Elle se faisait l'effet d'une ombre – ou d'un spectre – dans la longue robe blanche d'Honoria Fell. N'importe qui serait épouvanté en la voyant.

Mais ses craintes semblaient inutiles. Il n'y avait absolument personne dans les rues ; la ville aurait pu être abandonnée. Elle passa devant des maisons visiblement désertes, des jardins vides, des magasins fermés.

Et puis, soudain, elle se figea. Quelque chose se dressait dans le ciel tourmenté. C'était un clocher blanc. Il se détachait sur le ciel couvert d'épais nuages. Les jambes tremblantes, Elena s'avança craintivement vers le bâtiment. Elle connaissait cette église depuis l'enfance ; elle avait vu un millier de fois la croix gravée dans ce mur. Mais, à présent, elle l'approchait comme s'il s'agissait d'un animal en cage qui risquait à tout moment de se libérer et de bondir sur elle. Elle posa une main sur le mur de pierre et la fit glisser de plus en plus près du symbole gravé.

Quand ses doigts touchèrent la croix, ses yeux s'emplirent de larmes. Elle laissa sa main l'effleurer jusqu'à la recouvrir entièrement. Puis elle s'appuya contre le mur et s'abandonna à ses larmes.

Je ne suis pas mauvaise, pensa-t-elle. J'ai fait des choses que je n'aurais pas dû faire. J'ai été beaucoup trop égoïste ; je n'ai jamais remercié Matt, Bonnie et Meredith pour tout ce qu'ils avaient fait pour moi. J'aurais dû jouer davantage avec Margaret et être plus gentille avec tante Judith. Mais je ne suis pas mauvaise. Je ne suis pas damnée.

Séchant ses larmes, elle regarda le bâtiment. M. Newcastle avait parlé d'une église. Était-ce celle-ci ?

Elle évita l'entrée principale. Une porte latérale menait à la galerie du chœur. Elle l'ouvrit et grimpa sans bruit jusqu'à la galerie.

En regardant en bas elle comprit tout de suite pourquoi les rues étaient désertes. La ville entière semblait s'être rassemblée ici. Tous les sièges étaient occupés. Une foule compacte se tenait debout au fond de l'église. Elena reconnut les personnes installées au premier rang ; il y avait des élèves de terminale, des voisins et des amis de tante Judith. Cette dernière était aussi présente, vêtue de la robe noire qu'elle portait à l'enterrement des parents d'Elena.

Elena avait été jusque-là trop occupée à observer pour écouter, mais la voix tranquille et monotone du révérend Bethea parvint soudain à sa conscience.

— ... partager le souvenir de cette jeune fille exceptionnelle, dit-il, et il s'écarta sur le côté.

Elena observa ce qui se passa ensuite avec le sentiment étrange d'assister à une pièce de théâtre. Elle ne se sentait pas du tout concernée par les événements qui se déroulaient sur la scène ; elle n'était qu'une spectatrice, pourtant c'était de *sa* vie qu'il était question.

M. Carson, le père de Sue, vint parler d'elle. Les Carson la connaissaient depuis sa naissance, et il évoqua les jeux qu'elle et Sue avaient partagés dans leur jardin. Il parla de la belle jeune fille accomplie qu'elle était devenue. Puis l'émotion le submergea et il dut s'interrompre et enlever ses lunettes.

Sue Carson le remplaça. Elena et elle n'étaient plus très proches depuis l'école primaire, mais elles étaient restées en bons termes.

Sue avait été l'une des rares à la soutenir quand Stefan avait été suspecté du meurtre de M. Tanner. Mais à présent Sue pleurait comme si elle venait de perdre une sœur.

— Des tas de gens se sont mal comportés avec Elena après Halloween, dit-elle en s'essuyant les yeux. Et je sais qu'elle en a souffert. Mais Elena était *forte*. Elle n'a jamais changé pour se conformer à ce qu'on attendait d'elle. Et je la respectais tellement pour ça...

Elle fit une pause pour maîtriser le tremblement de sa voix.

— J'aurais voulu être élue Reine du lycée, poursuivit-elle. Mais je savais que je ne le serais pas et que ce serait juste. Parce que, si Robert E. Lee a jamais eu une reine, c'était Elena. Et elle le restera pour toujours maintenant, parce que c'est le souvenir que nous garderons d'elle. Je crois que des générations d'élèves se souviendront d'elle, de son intégrité et de...

Cette fois, Sue ne put continuer. Le révérend l'aida à rejoindre sa place.

Les filles de terminale, y compris les plus perfides et les plus dédaigneuses, pleuraient en se tenant la main. D'autres, dont Elena savait qu'elles la haïssaient cordialement, reniflaient. Elle était subitement devenue la meilleure amie de tout le monde.

Certains garçons pleuraient aussi. Sidérée, Elena continua d'observer ce curieux spectacle.

Frances Decatur vint parler à son tour. La douleur était loin d'embellir son visage dénué de charme.

— Elle s'est comportée avec gentillesse envers moi, dit-elle d'une voix enrouée. Nous avons même déjeuné ensemble.

N'importe quoi ! pensa Elena. Je t'ai adressé la parole parce que tu pouvais me servir à en savoir plus sur Stefan. Un point, c'est tout.

Les gens se succédaient au pupitre, aucun ne trouvant assez de mots pour faire son éloge.

— Je l'ai toujours admirée...

— Elle était un modèle pour moi...

— Une de mes élèves préférées...

Quand Meredith se leva, Elena se raidit. Allait-elle supporter de voir son amie dans la peine ? Mais Meredith faisait partie des rares personnes présentes qui ne pleuraient pas, bien que son visage fût empreint de gravité et de tristesse.

— Quand je pense à Elena, je pense aux bons moments qu'on a passés ensemble, commença-t-elle, calme et réservée comme à son habitude. Elena débordait toujours d'idées. Elle pouvait rendre amusant le travail le plus ennuyeux. Je ne le lui ai jamais dit, et maintenant je le regrette. Je regrette de ne pas pouvoir lui parler une dernière fois, pour qu'elle sache. Et si Elena pouvait m'entendre en ce moment...

Meredith embrassa l'église du regard et prit une profonde inspiration.

— ... si elle pouvait m'entendre en ce moment, je lui dirais combien ces bons moments ont compté pour moi, et combien j'aimerais pouvoir les vivre à nouveau. Je pense à nos réunions du jeudi soir dans sa chambre, pour préparer le débat du cours de philo. J'aimerais qu'on puisse se retrouver une fois encore comme on le faisait alors.

Meredith prit une autre inspiration profonde et secoua la tête.

— Mais je sais que c'est impossible, et c'est très dur à admettre.

Qu'est-ce que tu racontes ? pensa Elena, trop stupéfaite pour se sentir émue. On se réunissait le *mercredi* soir, pas le jeudi. Et ce n'était pas dans ma chambre ; c'était dans la tienne. Et ce n'était pas marrant du tout ; en fait, on a fini par abandonner parce qu'on détestait ça toutes les deux...

Soudain, en étudiant le visage si lisse de Meredith, son expression si soigneusement composée, Elena comprit.

Meredith envoyait un message, un message que seule Elena était censée comprendre. Elle espérait donc qu'Elena serait en mesure de l'entendre.

Meredith savait.

Stefan lui avait-il tout révélé ? Elena parcourut du regard les rangs de l'église, réalisant pour la première fois que Stefan ne s'y trouvait pas. Pas plus que Matt. Non, il était peu vraisemblable que Stefan eût parlé à Meredith. Mais Elena se rappela le regard de Meredith, la nuit où elles avaient tiré Stefan du puits. Elle se rappela les multiples fois, ces dernières semaines, où elle avait surpris son amie en train de l'observer. Et comment ses étranges requêtes avaient rendu Meredith chaque fois plus pensive et silencieuse.

Meredith avait donc deviné. Elena se demandait juste jusqu'à quel point elle connaissait la vérité.

Puis ce fut au tour de Bonnie, en larmes. C'était surprenant ; si Meredith savait, pourquoi n'avait-elle rien dit à Bonnie ? Mais Meredith n'avait peut-être qu'une intuition, un espoir qu'elle ne voulait pas partager avec Bonnie tant qu'il ne s'avérait pas fondé.

Autant le discours de Meredith avait été contenu, autant celui de Bonnie fut chargé d'émotion. Sa voix n'arrêtait pas de se briser et elle essuyait sans cesse les larmes sur ses joues. Finalement, le révérend Bethea vint à son aide en lui tendant un mouchoir.

— Merci, dit Bonnie en se tamponnant les yeux.

Elle leva la tête et regarda le plafond, pour se ressaisir ou pour trouver l'inspiration. C'est alors qu'Elena vit quelque chose que personne d'autre ne pouvait voir. Elle vit distinctement le visage de Bonnie blêmir et se figer d'une façon qui ne lui était que trop familière.

Pas ici, s'affola Elena. Oh ! mon Dieu, n'importe où mais pas ici !

Mais il était trop tard. Bonnie regardait de nouveau l'assemblée. Ses yeux fixes semblaient ne rien voir, et la voix qui sortit de sa gorge n'était pas la sienne.

— Personne n'est ce qu'il paraît être. Souvenez-vous de ça. *Personne n'est ce qu'il paraît être,* martela-t-elle.

Puis elle resta là, immobile, regardant droit devant elle d'un air absent.

Les gens commencèrent à s'agiter et à échanger des regards embarrassés. Un murmure d'inquiétude parcourut l'église.

— Souvenez-vous de ça – souvenez-vous –, personne n'est ce qu'il paraît être...

Bonnie vacilla brusquement. Le révérend Bethea se précipita vers elle tandis qu'un autre homme accourait de l'autre côté. Ce dernier avait le crâne chauve, luisant de sueur – M. Newcastle. Et là-bas, au fond de l'église, Elena repéra Alaric Saltzman. Les deux hommes atteignirent Bonnie au moment où elle s'effondrait. Au même instant, Elena entendit des pas dans l'escalier derrière elle.

5

LE DR FEINBERG ? ! Paniquée, Elena se plaqua contre le mur. Mais ce ne fut pas l'étroit visage au nez en bec d'aigle qui apparut. Ce visage-ci était aussi beau que ceux des médaillons de la Rome antique. Le temps suspendit un instant son cours, puis Elena se retrouva dans les bras de Stefan.

— Oh ! Stefan. Stefan...

Il la tenait machinalement, presque sans la toucher, comme une inconnue qui l'aurait confondu avec un autre.

— *Stefan*, insista-t-elle en nichant son visage au creux de son épaule, essayant d'obtenir une réponse.

Elle ne supporterait pas qu'il la rejette ; s'il la haïssait, elle en mourrait...

Avec un petit gémissement, elle se blottit contre lui, comme pour fusionner avec lui, disparaître en lui. *Oh ! s'il te plaît, s'il te plaît...*

— Elena. Elena, ça va aller maintenant ; je t'ai retrouvée.

Il continua de lui parler, lui chuchotant des mots doux destinés à la rassurer, lui caressant les cheveux. Ses bras se refermèrent enfin sur elle. Ils s'étaient retrouvés à présent. Et, pour la première fois depuis son réveil, Elena se sentit en sécurité. Mais sa panique fut longue à refluer. Elle ne pleurait pas ; elle suffoquait littéralement.

Enfin le monde commença à se stabiliser autour d'elle. Elle ne lâcha pas Stefan pour autant ; pas encore. Pendant de longues minutes, la tête sur son épaule, elle savoura sa présence.

Puis elle leva la tête et laissa son regard se perdre dans ses yeux verts.

Quand elle avait pensé à lui plus tôt dans la journée, elle s'était demandé s'il pourrait l'aider. Elle s'était imaginée en train de le supplier de la sauver de ce cauchemar, de la rendre telle qu'elle était avant. Mais maintenant, alors qu'elle le regardait, un étrange sentiment de résignation l'envahit.

— Il n'y a rien à y faire, n'est-ce pas ? dit-elle doucement.

Il ne fit pas semblant de ne pas comprendre.

— Non, répondit-il avec une égale douceur.

Elena eut l'impression de franchir une frontière invisible, sans retour possible.

— Pardonne-moi de t'avoir traité comme je l'ai fait dans la forêt, dit-elle quand elle put de nouveau parler. Je ne sais pas pourquoi j'ai agi ainsi.

— Te pardonner ? À *toi* ? murmura-t-il avec émotion. Elena, après tout ce que je t'ai fait, tout ce qui t'est arrivé par ma faute...

Il ne termina pas sa phrase, et ils s'étreignirent longuement.

— Très touchant, commenta une voix railleuse dans l'escalier. Il ne manque plus que les violons.

Elena sentit tout son corps se tendre, et la peur reprit ses droits. Elle avait oublié Damon. Sa puissance hypnotique et ses ardents yeux noirs...

— Comment es-tu arrivé ici ? demanda Stefan.

— Par le même chemin que toi, je présume. Attiré par le vibrant appel de détresse de la belle Elena.

Damon était vraiment fou de rage, se rendit compte Elena. Mais il avait été correct avec elle quand elle ne dépendait que de lui. Il lui avait trouvé un abri ; il avait garanti sa sécurité. Et il n'avait pas profité de sa vulnérabilité pour l'embrasser. En fait, il avait été... gentil avec elle.

— Au cas où ça vous intéresserait, il se passe quelque chose en bas, signala Damon.

— Je sais ; c'est encore Bonnie, dit Elena en s'écartant de Stefan.

— Je ne parle pas de ça. C'est dehors que ça se passe.

Surprise, Elena le suivit dans la cage d'escalier. Il y avait une fenêtre donnant sur le parking. Stefan vint se placer derrière elle pour regarder aussi.

Une foule de gens avaient quitté l'église, mais sans aller plus loin que la lisière du parking. En face d'eux, sur le parking même, se trouvaient réunis une foule équivalente de chiens.

On aurait dit deux armées sur le point de s'affronter. Le plus étrange était l'immobilité absolue des deux groupes. Les gens semblaient paralysés par la méfiance, et les chiens avaient l'air d'attendre quelque chose.

Elena distingua d'abord les différentes races de chiens. Il y en avait des petits, comme les corgis aux gueules anguleuses et les terriers au pelage soyeux. Des moyens, comme les épagneuls, les airedales et un magnifique samoyède au pelage blanc comme neige. Et il y avait les gros : un rottweiler au poitrail puissant et à la queue courte, un chien de chasse gris, et un immense schnauzer, aussi noir que la nuit. Puis Elena reconnut certains d'entre eux.

— C'est le boxer de M. Grunbaum et le berger allemand des Sullivan. Mais qu'est-ce qui leur arrive ?

Les gens avaient maintenant l'air terrorisés. Ils se tenaient serrés les uns contre les autres, aucun d'eux n'osant franchir la limite du parking.

Et pourtant les chiens ne faisaient *rien*. Assis ou debout, la langue pendant parfois mollement de la gueule, ils ne bougeaient pas. Cette immobilité était d'ailleurs étrange. Le moindre mouvement, le plus infime frémissement de queue ou d'oreille prenait du coup une ampleur démesurée.

Elena remarqua Robert un peu en retrait de la foule. Elle fut surprise, parce qu'elle ne l'avait pas vu dans l'église. Tandis qu'elle l'observait, il se détacha encore davantage du groupe, jusqu'à disparaître de sa vue.

— Chelsea ! Chelsea...

Quelqu'un avait enfin franchi la première ligne. C'était Douglas Carson. Le frère aîné de Sue. Il s'avançait vers les chiens, une main prudemment tendue.

Un épagneul aux longues oreilles d'un marron satiné tourna la tête, la truffe levée. Son bout de queue vibra légèrement, mais il ne vint pas vers le jeune homme.

Doug Carson avança encore.

— Chelsea... sage. Viens ici, Chelsea. Viens !

Il claqua des doigts.

— Qu'est-ce que tu sens chez ces chiens ? murmura Damon.

Stefan secoua la tête sans détourner le regard de la fenêtre.

— Rien.

— Moi non plus.

La tête penchée, Damon évaluait la situation. Elena ne put s'empêcher de penser à un chien de chasse en voyant ses dents légèrement découvertes.

— Nous *devrions* sentir quelque chose. Leurs émotions devraient nous parvenir. Mais chaque fois que j'essaye de les sonder, je me heurte à une sorte de mur compact.

Elena aurait aimé comprendre de quoi ils parlaient.

— Que veux-tu dire par « les sonder » ? Ce sont des animaux.

— Les apparences peuvent être trompeuses, répondit Damon d'un ton sardonique.

Et Elena pensa aux couleurs de l'arc-en-ciel dans les plumes du corbeau qui l'avait suivie depuis la rentrée scolaire. En regardant attentivement, elle voyait les mêmes couleurs dans les cheveux soyeux de Damon.

— Mais, quoi qu'il en soit, les animaux ont des émotions. Si ton Pouvoir est assez puissant, tu peux pénétrer dans leur esprit.

Et mon Pouvoir ne l'est pas, songea Elena. Elle se surprit à envier Damon. À peine quelques minutes plus tôt elle s'agrippait à Stefan, brûlant d'être débarrassée de tout pouvoir, de redevenir ce qu'elle avait été. Et, maintenant, elle enviait le sort de Damon. Ce garçon avait toujours eu une étrange influence sur elle.

— En tout cas, je ne crois pas que Doug devrait aller plus loin, déclara-t-elle.

Stefan approuva d'un signe de tête.

— Moi non plus.

— Allez, Chelsea, bon chien. Viens ici.

Doug Carson avait presque atteint la première rangée de chiens. Tous les yeux étaient fixés sur lui. La scène avait quelque chose de figé, comme une immense reconstitution dans un musée de cire.

Doug s'était immobilisé. Chelsea le regardait par-dessus le corgi et le samoyède. Doug fit claquer sa langue. Il tendit la main, hésita, puis la tendit plus loin.

— Non, souffla Elena.

Elle regardait les flancs luisants du rottweiler. Ils se gonflaient et se vidaient, se gonflaient et se vidaient...

— Stefan, influence-le. Fais-le reculer.

— Oui.

Il se concentra intensément ; puis il secoua la tête et expira lentement, comme quelqu'un qui vient de tenter sans succès de soulever un poids trop lourd.

— Ça ne marche pas. Je n'arriverai à rien à cette distance.

Les babines de Chelsea se retroussèrent. L'airdale se dressa sur ses pattes dans un mouvement d'une superbe fluidité. Le rottweiler se ramassa sur lui-même en position d'attaque.

Puis ils bondirent. Impossible de dire quels chiens étaient en tête ; ils semblaient ne faire qu'un. Une demi-douzaine d'entre eux heurtèrent Doug Carson avec assez de force pour le renverser, et il disparut à la vue.

Un vacarme infernal fit soudain vibrer l'air. Cela ressemblait à une espèce d'aboiement métallique mêlé à un grondement sourd. Les chiens s'acharnaient sur Doug Carson avec des rugissements effrayants, tandis que la foule s'éparpillait en hurlant.

Elena aperçut Alaric Saltzman à l'extrémité du parking. Il ne cherchait pas à s'enfuir. Il se tenait là, aussi raide qu'un piquet ; seules ses lèvres et ses mains bougeaient.

Partout ailleurs, c'était le chaos. Quelqu'un avait trouvé un tuyau d'arrosage et le dirigeait vers le gros de la meute. En vain. Les chiens semblaient possédés. Chelsea s'écarta du corps de son maître, la truffe maculée de sang.

Le cœur d'Elena battait à tout rompre.

— Ils ont besoin d'aide ! s'écria-t-elle à l'instant même où Stefan quittait la fenêtre pour bondir dans les escaliers.

Elena avait commencé à dévaler l'escalier quand elle prit conscience de deux choses : Damon ne la suivait pas, et elle ne pouvait pas se montrer.

Elle ne le *pouvait* pas. Quelque chose de plus fort que la compassion ou le besoin d'aider la poussait à revenir sur ses pas.

Une certaine agitation régnait aussi à l'intérieur de l'église. Le Dr Feinberg, M. McCullough et le révérend Bethea s'affairaient autour de Bonnie, allongée sur un banc. Meredith, tante Judith et Mme McCullough étaient près d'elle.

— Quelque chose de maléfique, gémit Bonnie.

À cet instant précis, tante Judith leva la tête en direction d'Elena.

Elena remonta l'escalier à toute allure, priant pour que tante Judith ne l'ait pas vue. Damon était encore à la fenêtre.

— Je ne peux pas descendre. Ils me croient morte !

— Tiens donc, tu t'en souviens ? ironisa-t-il.

— Si le Dr Feinberg m'examine, il saura que quelque chose cloche, oui ou non ? demanda-t-elle avec violence.

— Il pensera que tu es un spécimen intéressant, en effet.

— Alors, je ne peux pas y aller. Mais toi tu peux. Pourquoi est-ce que tu ne *fais* pas quelque chose ?

Damon tourna les yeux vers la fenêtre, l'air impassible.

— Pourquoi le ferais-je ?

— *Pourquoi* ? explosa Elena, brûlant d'envie de le gifler. Parce qu'ils ont besoin d'aide ! Parce que tu *peux* les aider. Tu ne te soucies donc que de toi-même ?

Damon affichait son masque le plus impénétrable. Mais Elena savait qu'il était furieux de l'avoir trouvée avec Stefan. Et qu'il était en train de se venger.

Dans un mouvement de rage impuissante, elle se jeta sur lui. Il lui saisit les poignets pour la maintenir à distance, la clouant sous son regard noir. Surprise, elle entendit un grondement plus félin qu'humain sortir de sa propre bouche. Elle regarda ses doigts : ils étaient recourbés comme des serres.

Qu'est-ce que je suis en train de faire ? se dit-elle avec stupéfaction. Parce qu'il ne veut pas défendre des gens attaqués par des chiens, je l'attaque à mon tour ? Ça n'a aucun sens. Le souffle court, elle se força à se détendre. Alors Damon la lâcha.

Ils se regardèrent longuement.

— Je descends, l'informa calmement Elena en se détournant.

— Non.

— Ils ont besoin d'aide.

— Très bien, mais tu le regretteras.

Elena n'avait jamais entendu autant de fureur dans sa voix. Elle fit volte-face au moment où il abattait son poing sur le rebord de la fenêtre. La vitre vibra violemment.

Mais il se ressaisit aussitôt et, le regard tourné vers l'extérieur, reprit d'un ton détaché :

— Les secours sont arrivés.

C'étaient les pompiers. Leurs lances à eau, bien plus puissantes que le tuyau d'arrosage, vinrent à bout des chiens enragés. Un policier sortit son arme et visa le grand schnauzer. L'animal s'effondra. Le policier mit de nouveau en joue.

Puis tout alla très vite. Plusieurs chiens couraient déjà vers la rivière, et le second coup de feu en fit sortir d'autres de la meute. Ils se dispersèrent aux quatre coins du parking, comme si plus rien ne les retenait en ce lieu. Elena poussa un soupir de soulagement en voyant Stefan, sain et sauf, arrachant un chien hébété du corps de Doug Carson. Chelsea s'était approchée de son maître et le regardait d'un air abattu, la queue basse.

— C'est fini, commenta Damon platement.

Elena leva vers lui un regard plein de rage. Tu disais que j'allais le regretter, hein ? pensa-t-elle. Et tu allais faire *quoi* au juste ?

Il n'était visiblement pas d'humeur à l'éclairer. Mais elle était d'humeur à le harceler.

— Damon... commença-t-elle en posant une main sur son bras.

Il se raidit, puis se retourna.

— Quoi encore ?

Ils se mesurèrent du regard pendant quelques secondes. Mais déjà des pas résonnaient dans l'escalier. Stefan revenait.

— Stefan... tu es blessée, s'écria Elena.

— Ce n'est rien, répondit-il en essuyant le sang sur sa joue avec sa manche déchiquetée.

— Et Doug ?

— Je ne sais pas. Il est vraiment mal en point, lui. Je n'ai jamais rien vu d'aussi étrange.

Elena s'écarta de Damon pour remonter dans la galerie du chœur. Elle avait besoin de réfléchir. Si Stefan n'avait jamais rien vu de pareil... il y avait de quoi s'inquiéter.

Elle s'assit par terre, derrière la dernière rangée de sièges. Tout lui paraissait à la fois très confus et terriblement clair. Quelque chose de vraiment étrange se passait à Fell's Church. À une certaine époque, elle aurait juré que Fell's Church et ses habitants étaient le moindre de ses soucis. Mais, à présent, elle pensait différemment. Pendant la cérémonie, elle avait senti que ces gens comptaient pour elle. Et quand les chiens avaient attaqué, cette sensation s'était confirmée. Elle avait le sentiment d'être responsable de la ville, et c'était un sentiment nouveau.

Son propre désarroi et son sentiment de solitude lui semblaient pour l'instant secondaires. Ce qui se passait ici était bien plus grave que ses problèmes personnels. Et elle se raccrochait à cette idée, parce qu'elle ne pouvait pas affronter sa propre situation. Non, elle ne le pouvait vraiment pas...

Un gémissement proche du sanglot lui échappa, et elle leva les yeux. Stefan et Damon étaient là, en train de la regarder.

— Elena... ? murmura Stefan.

Mais c'est à Damon qu'Elena s'adressa.

— Si je te pose une question, est-ce que tu me diras la vérité ? lui demanda-t-elle d'une voix tremblante. Je sais que tu ne m'as pas poursuivie au pont Wickery. Je *sentais* que c'était autre chose, quelque chose de différent. Mais est-ce que c'est toi qui as jeté Stefan dans le vieux puits, il y a un mois ?

— Dans un *puits* ? répéta Damon, incrédule, en croisant les bras sur sa poitrine.

— La nuit d'Halloween, la nuit où M. Tanner a été tué. Tu venais de te montrer à Stefan pour la première fois dans la forêt.

Puis il t'a quitté pour se diriger vers sa voiture, mais quelqu'un l'a agressé avant qu'il ne l'atteigne. Quand il s'est réveillé, il était au fond du puits, et il y serait mort si Bonnie ne nous avait conduites jusqu'à lui. J'ai toujours supposé que c'était toi qui l'avais attaqué. Lui aussi. Est-ce que c'est le cas ?

Manifestement, Damon n'appréciait pas qu'elle prenne cette question tellement à cœur. Son regard moqueur passa nonchalamment d'elle à Stefan. L'instant parut durer une éternité. Puis Damon eut un petit haussement d'épaules et détourna les yeux.

— En fait, non, dit-il avec détachement.

Elena laissa échapper un soupir de soulagement.

— Tu ne crois tout de même pas une chose pareille ! explosa Stefan. Il ne raconte que des mensonges.

— Pourquoi mentirais-je ? rétorqua Damon, ravi de voir Stefan perdre son sang-froid. J'admets volontiers avoir tué Tanner. J'ai bu son sang jusqu'à ce qu'il se ratatine comme un pruneau. Et je n'aurais pas hésité à en faire autant avec *toi*, petit frère. Mais un *puits* ? Ce n'est vraiment pas mon style.

— Je te crois, dit Elena. Tu ne le sens pas ? demanda-t-elle à Stefan. Il y a quelque chose d'autre à Fell's Church, quelque chose qui n'est sans doute même pas humain – qui ne l'a peut-être jamais été, je veux dire. Cette chose m'a pourchassée, elle a fait basculer ma voiture du pont. Elle a poussé les chiens à attaquer. C'est une puissance terrifiante, maléfique...

Elle tourna la tête, et revit Bonnie couchée sur le banc.

— Quelque chose de maléfique... répéta-t-elle doucement, se sentant soudain affreusement seule et vulnérable.

— Si tu cherches un être maléfique, pas besoin d'aller bien loin pour ça, déclara durement Stefan.

— Ne te fais pas plus stupide que tu n'es, répliqua Damon. Je t'ai déjà dit que quelqu'un d'autre avait tué Elena. Et que je retrouverai ce quelqu'un pour lui régler son compte. Et c'est ce que je vais faire.

Il décroisa les bras et fit mine de partir.

— Je vous laisse reprendre votre petite conversation privée là où je l'ai interrompue.

— Damon, attends.

Elena n'avait pu s'empêcher de frissonner quand il avait dit *tué Elena*. Mais elle écarta résolument sa peur. C'était trop important.

— Cette chose est très forte, dit-elle. Quand elle me poursuivait, j'avais l'impression qu'elle occupait le ciel entier. Aucun d'entre nous ne peut l'affronter seul.

— Et alors ?

— Alors...

Elena n'avait pas eu le temps de pousser son raisonnement plus loin. Elle se fiait à son instinct, à son intuition. Et son intuition lui disait de ne pas laisser Damon partir.

— Alors... je crois qu'on devrait rester ensemble tous les trois. Je crois qu'ainsi on aura plus de chances de retrouver cette chose. Et, qui sait, on pourra peut-être l'arrêter avant qu'elle ne blesse ou ne tue d'autres gens.

— Franchement, ma chère, je me fiche complètement du sort des autres, lui rétorqua Damon.

Puis il la gratifia d'un de ses sourires glacials.

— Mais serais-tu en train de suggérer que tu as décidé de nous garder tous les deux ? Tu te souviens, tu devais faire ton choix dès que tu aurais retrouvé tes esprits.

Elena le regarda d'un air interloqué. Il n'était pas question de choix, sentimentalement parlant. Elle portait la bague que Stefan lui avait donnée ; Stefan et elle s'appartenaient l'un à l'autre.

Puis une image lui revint. En un éclair, elle se revit dans la forêt, les yeux levés vers Damon, habitée par une telle... passion, ressentant un tel attrait pour lui. Elle avait alors eu l'impression que lui seul la comprenait. Qu'ensemble ils incarnaient la perfection et que tout leur était possible : conquérir le monde ou le détruire.

Puis un autre souvenir s'imposa : comment Damon s'était comporté plus tard cette nuit-là, comment il l'avait mise à l'abri, s'était même montré doux envers elle.

Stefan la regardait. Son expression était passée de l'agressivité à la colère, puis à une crainte chargée d'amertume. Une part d'elle-même avait envie de le rassurer, de le prendre dans ses bras et de lui dire qu'elle lui appartenait, pour toujours, et que rien d'autre ne comptait. Ni la ville, ni Damon, ni rien.

Mais elle ne le fit pas. Parce qu'une petite voix lui soufflait que la ville *comptait.* Et parce qu'elle se trouvait en proie à la plus horrible des confusions.

Un tremblement monta du plus profond d'elle-même, puis envahit tout son corps sans qu'elle puisse lutter contre. C'était trop d'émotions. Beaucoup trop. Désemparée, elle enfouit la tête entre ses mains.

6

ELLE A DÉJÀ CHOISI, déclara Stefan. Tu l'as vu toi-même quand tu nous as « interrompus ». Tu as choisi, n'est-ce pas, Elena ? Il n'avait pas dit ça avec suffisance, ou sur le ton de l'injonction, mais avec une sorte de bravade désespérée.

— Je... commença Elena en levant les yeux vers lui. Stefan, je t'aime. Mais tu ne comprends pas. Le seul choix possible pour l'instant est que nous restions groupés. Seulement pour l'instant. Est-ce que tu comprends ?

Devant le visage de marbre de Stefan, elle se tourna vers Damon.

— Et toi, est-ce que tu comprends ?

— Je crois.

Il lui adressa un sourire complice, possessif.

— Je n'arrête pas de répéter à Stefan qu'il est égoïste de vouloir te garder pour lui tout seul. Des frères devraient tout partager.

— Ce n'est pas ce que je voulais dire.

— Vraiment ? murmura Damon sans cesser de sourire.

— Non, intervint Stefan. Je ne comprends pas, et je me demande comment tu peux envisager que je m'allie à *lui*. Il est le mal incarné, Elena. Il tue par plaisir ; il n'a aucune conscience. Il se moque de Fell's Church ; il le dit lui-même. C'est un monstre...

— Pour l'instant, il se montre plus coopératif que toi, lui fit remarquer Elena en lui prenant la main avec douceur, cherchant un moyen de l'atteindre. Stefan, j'ai *besoin* de toi. Et on a tous les deux besoin de lui. Tu ne peux pas faire un effort pour le comprendre ?

Comme il ne répondait pas, elle ajouta :

— Stefan, est-ce que tu as l'intention de rester à jamais mortellement brouillé avec ton frère ?

— Parce que tu t'imagines qu'il *veut* que ça change ?

Elena regarda leurs mains jointes. Elle garda le silence un moment, puis reprit calmement :

— Il m'a empêchée de te tuer.

Elle sentit la colère sourdre en Stefan, puis décroître lentement. Il baissa la tête, comme s'il venait d'admettre sa défaite.

— C'est vrai, reconnut-il. Et, de toute façon, je suis mal placé pour le juger. Qu'a-t-il fait que je n'ai pas fait moi-même ?

Elle détestait que Stefan se haïsse ainsi. Ils avaient besoin de parler tous les deux. Mais ce n'était ni l'heure ni le lieu.

— Alors, tu es d'accord ? lui demanda-t-elle avec hésitation. Stefan, dis-moi ce que tu penses.

— Je pense que tu n'en fais qu'à ta tête. Comme toujours.

Ses pupilles étaient si dilatées que l'iris était réduit à un mince anneau vert. Il n'y avait plus de colère dans ses yeux, mais la lassitude et l'amertume demeuraient.

Mais je ne fais pas ça que pour moi, pensa Elena, repoussant le doute qui venait de l'assaillir. Je te le prouverai, Stefan, tu verras. Pour une fois, je ne vois pas que mon propre intérêt.

— Alors, tu es d'accord ? répéta-t-elle doucement.

— Oui. Je... suis d'accord.

— Et moi de même, dit Damon, en tendant la main avec une courtoisie exagérée.

Il captura celle d'Elena avant qu'elle ait pu réagir.

— On dirait bien qu'une frénésie de l'accord parfait s'est emparée de nous, commenta-t-il avec son ironie coutumière.

Arrête ! eut envie de lui jeter Elena. Mais, au même instant, elle sut qu'il avait raison. Tous trois étaient liés, en accord, et forts.

Stefan retira sa main de la sienne. Dans le silence qui suivit, Elena perçut mieux ce qui se passait autour d'eux. Des cris résonnaient encore, mais sans trace d'affolement. Sur le parking, des gens s'affairaient autour des blessés. Le Dr Feinberg allait de groupe en groupe, dispensant ses conseils. Les victimes ressemblaient aux rescapés d'un ouragan ou d'un tremblement de terre.

— Personne n'est ce qu'il paraît être, murmura Elena.

— Quoi ?

— C'est ce qu'a dit Bonnie pendant la cérémonie. Elle a eu une vision. Il y a certaines personnes dont on devrait se méfier. Comme Alaric Saltzman.

Elle leur rapporta brièvement les propos qu'elle avait surpris dans la maison d'Alaric.

— Il *n'est pas* ce qu'il paraît être, mais j'ignore ce qu'il est au juste. Il faut le garder à l'œil. Et comme je ne peux pas me montrer, c'est à vous deux de le faire. Mais sans éveiller ses soupçons...

Damon l'interrompit d'un geste. Quelqu'un appelait en bas de l'escalier.

— Stefan ? Tu es là-haut ?

Puis, s'adressant à quelqu'un d'autre :

— Je pensais l'avoir vu monter.

On aurait dit la voix de M. Carson.

— Vas-y, souffla Elena. Tu dois te comporter comme si de rien n'était. Ne t'inquiète pas pour moi.

— Mais, toi, où iras-tu ?

— Chez Meredith. Je t'expliquerai. Allez, vas-y.

Stefan hésita, descendit quelques marches.

— J'arrive, cria-t-il.

Puis il rebroussa chemin.

— Je ne te laisse pas avec *lui*, déclara-t-il d'un air buté.

Elena leva les mains dans un mouvement d'exaspération.

— Alors allez-y tous les deux. Vous venez juste d'accepter de collaborer ; vous n'allez pas revenir sur votre parole, j'espère ? dit-elle en défiant Damon du regard.

Damon haussa légèrement les épaules.

— Très bien. Juste une petite chose : est-ce que tu as faim ?

— Je... non, répondit-elle avec un haut-le-cœur en réalisant à quoi il faisait allusion. Non, pas du tout.

— Parfait. Mais tu auras bientôt faim. Ne l'oublie pas.

Il suivit Stefan dans l'escalier. Alors qu'ils s'éloignaient, Elena entendit la voix mentale de Stefan lui adresser un dernier message.

Je reviendrai plus tard. Attends-moi.

Elle regretta ne pas pouvoir lui répondre de la même façon. Elle nota aussi que la voix mentale de Stefan s'était considérablement affaiblie. Son égarement l'avait empêchée de s'en apercevoir jusque-là, mais à présent elle se posait des questions. Qu'est-ce qui l'avait rendu si fort ? Et pourquoi sa force diminuait-elle maintenant ?

Elena avait tout le temps de réfléchir, assise dans la galerie déserte, tandis que l'église se vidait et que, dehors, le ciel s'assombrissait peu à peu. Elle pensa à Stefan et à Damon... Avait-elle choisi la bonne solution ? Elle avait fait le vœu de ne jamais les laisser se battre pour elle, mais ce vœu était déjà rompu. Était-ce insensé de sa part d'exiger une trêve entre eux, même temporaire ?

Quand la nuit fut totalement tombée, elle s'aventura en bas. L'écho de ses pas résonnait dans l'église vide. Elle ne s'était pas demandé comment elle en sortirait, mais par chance la porte latérale était seulement verrouillée de l'intérieur. Elle se faufila dans l'entrebâillement avec soulagement.

Comme c'était bon de se retrouver dehors – sans l'agressive lumière du jour – après avoir été enfermée si longtemps ! Elle se sentait enfin elle-même, libre... et invisible. Le monde de la nuit lui tendait les bras.

Elle n'eut aucun mal à atteindre la maison de Meredith sans se faire voir ; tout le monde semblait s'être calfeutré chez soi. Mais une fois devant le porche de la jolie ferme, Elena se trouva plongée en plein désarroi. Au fond, Meredith l'attendait-elle réellement ? Parce que, si ça n'était pas le cas, elle allait avoir un choc terrible.

Quoi qu'il en soit, elle ne pouvait pas frapper à la porte comme si de rien n'était. Elle évalua la distance qui la séparait du toit. La fenêtre de la chambre de Meredith était juste en dessous, à l'angle. Un peu difficile d'accès, mais pas impossible.

Elena trouva facilement des appuis entre les briques pour se hisser jusqu'au toit. Mais se pencher pour regarder par la fenêtre de Meredith fut une épreuve. La lumière qui en sortait à flots lui blessait les yeux.

Meredith était assise sur le bord de son lit, les coudes posés sur les genoux, le regard perdu dans le vide. De temps en temps, elle passait une main dans ses cheveux noirs. Un réveil sur la table de nuit indiquait 18 h 43.

Elena tapa doucement au carreau.

Meredith sursauta et regarda du mauvais côté, vers la porte. Elle se leva, sur la défensive, s'emparant d'un oreiller, au cas où. Comme la porte ne s'ouvrait pas, elle osa un pas dans sa direction.

— Qui est-ce ? demanda-t-elle.

Elena frappa de nouveau à la vitre.

Meredith fit volte-face.

— Laisse-moi entrer, dit Elena, articulant exagérément pour que Meredith puisse lire sur ses lèvres. Ouvre la fenêtre.

Meredith, affolée, regarda autour d'elle comme si elle cherchait de l'aide. Puis elle s'approcha de la fenêtre avec prudence. Mais elle ne l'ouvrit pas.

— Laisse-moi entrer, répéta Elena, avant d'ajouter avec impatience : si tu ne voulais pas que je vienne, pourquoi tu m'as donné rendez-vous ?

Elle vit les épaules de Meredith se détendre légèrement. Lentement, avec une maladresse inhabituelle chez elle, son amie ouvrit la fenêtre et recula.

— Maintenant, invite-moi à entrer. Sinon, je ne peux pas.

— En...

La voix de Meredith se déroba. Elle fit un nouvel essai.

— Entre.

Quand Elena se fut propulsée à l'intérieur – manœuvre qui lui arracha une grimace –, Meredith ajouta d'un air hébété :

— Ça doit être toi. Personne d'autre ne donne si bien des ordres.

— C'est moi, confirma Elena en regardant son amie dans les yeux. C'est vraiment moi, Meredith.

Meredith hocha la tête et déglutit avec difficulté. Elena aurait tant voulu que l'autre la prenne dans ses bras. Mais ce genre d'effusions n'était pas du tout le style de Meredith, qui retourna s'asseoir sur son lit en marchant lentement à reculons.

— Assieds-toi, l'invita-t-elle d'une voix faussement calme.

Elena tira la chaise du bureau, s'assit, et prit sans s'en rendre compte la position dans laquelle Meredith s'était trouvée un peu plus tôt, coudes sur les genoux, tête baissée. Puis elle leva les yeux.

— Comment tu as su ?

— Je...

Meredith la regarda un moment d'un air absent, puis elle se ressaisit.

— Tu... ton corps n'a pas été retrouvé. J'ai trouvé ça bizarre. Et puis il y a eu les agressions sur le vieil homme, Vickie et Tanner – et Stefan –, et d'autres détails que j'ai associés – mais je ne *savais* pas. Pas avec certitude. Pas jusqu'à maintenant.

Sa phrase s'acheva dans un murmure presque inaudible.

— Eh bien, ta supposition était juste, dit Elena.

Elle essayait de se comporter normalement, mais qu'est-ce que cela signifiait dans une telle situation ? Meredith pouvait à peine supporter de la regarder. Elena se sentait plus seule, plus isolée qu'elle ne l'avait jamais été.

Un coup de sonnette retentit en bas. Elena l'entendit, mais pas Meredith.

— Tu attends quelqu'un ? demanda-t-elle. On sonne à la porte.

— J'ai demandé à Bonnie de venir à sept heures, si sa mère lui donnait l'autorisation. C'est sans doute elle. Je descends voir.

Son impatience à quitter la pièce était tellement visible que cela fit mal à Elena.

— Attends ! Est-ce qu'elle sait ?

— Non... Oh, tu as raison ! Je devrais peut-être la préparer en douceur.

Meredith regarda de nouveau autour d'elle d'un air dérouté. Elena alluma la petite lampe de chevet.

— Éteins le plafonnier. Cette lumière me fait mal aux yeux de toute façon.

Elena se dissimula dans un recoin sombre en attendant que Meredith revienne avec Bonnie. Peut-être avait-elle eu tort d'impliquer Meredith et Bonnie. Si l'imperturbable Meredith avait du mal à supporter la situation, comment réagirait Bonnie ?

— Ne hurle pas. Surtout, ne *hurle pas*, répétait Meredith à Bonnie alors qu'elles franchissaient le seuil.

— Qu'est-ce qui te prend ? se rebella Bonnie d'un ton stupéfait. Lâche-moi. Tu n'imagines pas la galère pour que ma mère me laisse sortir ce soir ! Elle voulait m'emmener à l'hôpital de Roanoke.

Meredith ferma la porte d'un coup de pied.

— Bon, dit-elle à Bonnie. Maintenant, je vais te montrer quelque chose qui va... enfin, ça va te faire un choc. Mais il ne faut pas hurler, tu comprends ? Je te lâche si tu le promets.

— Il fait trop sombre pour voir quoi que ce soit, et puis tu me fais peur. Qu'est-ce qui *t'arrive*, Meredith ? Bon, d'accord, je promets, mais de quoi...

— Elena, appela Meredith.

Elena fit un pas en avant.

La réaction de Bonnie fut inattendue. Elle plissa les yeux et se pencha en avant pour scruter la pénombre. Quand elle reconnut la silhouette d'Elena, elle en eut le souffle coupé. Puis, tout en continuant de fixer le visage de son amie, elle applaudit en poussant un cri de joie.

— Je le savais ! Je savais qu'ils se trompaient ! Tu vois, Meredith... Stefan et toi qui pensiez tout savoir sur la noyade et tout ça. Mais je savais que vous aviez tort ! Oh, Elena, qu'est-ce que tu m'as manqué ! Tout le monde va être si...

— *Tais*-toi, Bonnie ! lui ordonna Meredith. Je t'ai dit de ne pas hurler. Écoute, espèce d'idiote, tu crois que, si Elena était tout à fait là, elle serait *ici* au milieu de la nuit à l'insu de tous ?

— Mais elle *est* tout à fait là ; regarde-la. Elle est bien là. C'est toi, pas vrai, Elena ?

Bonnie s'avança vers elle, mais Meredith la retint.

— Oui, c'est moi.

Elena avait l'étrange impression d'être égarée dans une comédie surréaliste, sauf qu'elle ne connaissait pas ses répliques. Elle ne savait vraiment pas quoi dire à Bonnie, qui avait l'air tellement ravie.

— C'est moi, mais... pas tout à fait, dit-elle d'un ton embarrassé.

Bonnie fronça les sourcils.

— Pourquoi vous faites tant de mystères toutes les deux ? Elle est là, mais pas tout à fait. Qu'est-ce que ça veut dire ?

Elena hésitait entre le rire et les larmes.

— Écoute, Bonnie... oh, je ne sais pas comment expliquer ça ! Bonnie, est-ce que ta grand-mère voyante t'a jamais parlé des vampires ?

Un silence de plomb s'abattit sur la pièce. Les secondes s'égrenèrent, interminables. Les yeux démesurément écarquillés, Bonnie se tourna vers Meredith. Le silence menaçait de s'éterniser, lorsque Bonnie commença à reculer en direction de la porte.

— Euh... écoutez, les copines, tout ça devient vraiment trop bizarre. Vraiment, vraiment, vraiment...

Elena cherchait un moyen de rationaliser.

— Tu peux regarder mes dents, l'invita-t-elle.

Elle retroussa la lèvre supérieure, appuyant d'un doigt sur une canine. Elle sentit la dent acérée s'allonger en réflexe, comme les griffes d'un chat qui s'étire mollement.

Meredith s'approcha et regarda, puis détourna vivement les yeux.

— À ton tour, Bonnie. Jette un coup d'œil.

L'enthousiasme de Bonnie était retombé comme un soufflé. Elle semblait sur le point de vomir.

— Non, je ne veux pas.

— Il le faut. Il faut que tu le croies, sinon on n'arrivera à rien.

Meredith la tira de force vers Elena.

— Allez, fais pas ta chochotte. C'est pas toi qui aimes te frotter au supranaturel d'habitude ?

— J'ai changé *d'avis*, s'écria Bonnie, au bord de l'hystérie. Laisse-moi tranquille, Meredith ; je ne *veux pas* regarder.

Elle se libéra brutalement.

— Rien ne t'y oblige, murmura Elena, abasourdie.

Elle était consternée. Des larmes lui brûlaient les paupières.

— C'était une mauvaise idée, Meredith. Je vais m'en aller.

— Non ! Ne pars pas.

Bonnie, qui venait de se détourner, fit volte-face et se précipita dans les bras d'Elena.

— Pardon, Elena, pardon. Je me fiche de ce que tu es ; je suis juste contente que tu sois de retour. Ça a été horrible sans toi.

Elle sanglotait comme une enfant.

Elena laissa couler ses larmes à son tour. Agrippée à Bonnie, elle sentit les bras de Meredith les enlacer. Elles pleuraient toutes les trois maintenant – Meredith silencieusement, Bonnie bruyamment, et Elena avec ferveur. Elle pleurait sur sa solitude, sa peur, sa souffrance.

Finalement, elles se retrouvèrent assises par terre, genoux contre genoux, comme lorsqu'elles étaient enfants et complotaient des plans secrets avant de se mettre au lit.

— Tu es si courageuse, Elena, hoqueta Bonnie. Je me demande comment tu peux supporter ça.

— Je ne suis pas courageuse du tout. Mais il faut bien que je supporte, parce que je ne sais pas quoi faire d'autre.

— Tes mains ne sont pas froides.

Meredith pressa les doigts d'Elena.

— Juste un peu fraîches. J'aurais cru qu'elles seraient plus froides.

— Les mains de Stefan ne le sont pas non plus...

— *Stefan ?* s'écria Bonnie.

Meredith et Elena la regardèrent.

— Un peu de bon sens, Bonnie. On ne devient pas vampire par soi-même. Quelqu'un doit faire en sorte qu'on le devienne.

— Mais tu veux dire que... *Stefan*... ? Tu veux dire qu'il est un... ?

Sa voix se brisa.

— Je crois qu'il est temps que tu nous racontes toute l'histoire, Elena, dit Meredith. Y compris les détails mineurs que tu as passés sous silence la dernière fois qu'on t'a demandé de nous raconter toute l'histoire.

Elena acquiesça de la tête.

— Tu as raison. Je vais essayer.

Elle prit une profonde inspiration.

— Bonnie, tu te souviens de la rentrée des classes ? C'était la première fois que je t'entendais faire une prédiction. Tu as regardé les lignes de ma main et tu as dit que je rencontrerais un garçon, un garçon brun, un inconnu. Et qu'il n'était pas grand mais qu'il l'avait été un jour. Eh bien, Stefan n'est pas vraiment grand. Mais il l'était à une époque... comparé aux personnes du XVe siècle.

Meredith hocha la tête, mais Bonnie poussa un gémissement, comme si elle était sur le point de s'évanouir.

— Tu veux dire...

— Je veux dire qu'il a vécu en Italie durant la Renaissance, et que la taille moyenne était alors inférieure à celle d'aujourd'hui. Donc, Stefan paraissait relativement grand. Et attends, avant de tomber dans les pommes, il faut que tu saches autre chose. Damon est son frère.

Meredith hocha de nouveau la tête.

— Je m'en doutais plus ou moins. Mais pourquoi le cachent-ils ?

— Ils ne s'entendent pas très bien. Pendant longtemps, Stefan ne savait même pas que Damon était à Fell's Church.

Elena hésita. Elle abordait la vie privée de Stefan, lui seul était en droit d'en parler. Mais, d'un autre côté, Meredith avait raison : il était temps de raconter toute l'histoire.

— Voilà ce qui s'est passé... Stefan et Damon étaient amoureux de la même fille. Elle venait d'Allemagne et elle s'appelait Katherine. Au début de l'année, Stefan m'évitait parce que je lui rappelais cette fille ; elle aussi était blonde aux yeux bleus. Oh ! et cette bague lui appartenait !

Elena lâcha la main de Meredith et leur montra l'anneau orné d'un lapis-lazuli.

— Mais Katherine était un vampire. Un certain Klaus, dans son village, l'avait métamorphosée en vampire pour la sauver d'une maladie mortelle. Stefan et Damon étaient au courant, mais ils s'en fichaient. Ils lui ont demandé de choisir entre eux deux.

Elena s'interrompit et eut un sourire pensif. M. Tanner avait raison : l'histoire se répétait. Elle espérait juste que la sienne ne se terminerait pas comme celle de Katherine.

— Mais elle les a choisis tous les deux. Elle a échangé son sang avec eux, afin, disait-elle, qu'ils soient ensemble pour l'éternité.

— Plutôt tordu, murmura Bonnie.

— Plutôt *idiot*, rectifia Meredith.

— Tu as raison, lui dit Elena. Katherine était charmante mais pas très futée. Stefan et Damon ne s'aimaient déjà pas beaucoup. Ils lui ordonnèrent de choisir. Ils n'imaginaient pas de la partager. Elle s'est enfuie en pleurant. Le lendemain... ils ont retrouvé son corps, ou ce qu'il en restait. Pour tout vous dire, un vampire a besoin d'un talisman comme cette bague pour sortir en plein jour sans être détruit. Et Katherine est sortie en plein jour et l'a enlevée. Elle pensait que, si elle disparaissait, Damon et Stefan se réconcilieraient.

— Oh ! mon Dieu, comme c'est ro...

— Non, ce n'est pas romantique du tout, coupa durement Elena. Depuis ce jour, Stefan vit avec le poids de la culpabilité, et Damon aussi sans doute, même s'il ne l'admettrait pour rien au monde. En tout cas, le résultat immédiat fut qu'ils tirèrent l'épée et s'entre-tuèrent. Oui, *s'entre-tuèrent*. Voilà pourquoi ce sont des vampires maintenant, et pourquoi ils se détestent tant. Et pourquoi je suis probablement dingue d'essayer de les faire coopérer aujourd'hui.

7

Coopérer ? répéta Meredith.

— Je vous expliquerai plus tard. Mais je veux d'abord savoir ce qui s'est passé à Fell's Church depuis que je suis... partie.

— En gros, ça a été l'hystérie, répondit Meredith. Ta tante Judith a carrément disjoncté. Elle a eu une hallucination où elle a cru te voir – sauf que c'était pas une hallucination, hein ? Et Robert et elle ont quasiment rompu.

— Je sais. Quoi d'autre ?

— Au lycée tout le monde est bouleversé. J'ai voulu parler à Stefan quand j'ai commencé à suspecter que tu n'étais pas vraiment morte, mais il était introuvable. Il y avait bien Matt, mais il a un problème. On dirait un zombie, et il évite tout le monde. Je voulais lui expliquer que tu n'étais peut-être pas partie pour toujours ; je croyais que ça lui remonterait le moral. Mais il n'a pas voulu m'écouter. Il était carrément bizarre, j'ai même cru un moment qu'il allait me frapper. Pas moyen de lui dire un seul mot.

— Oh ! mon Dieu, souffla Elena.

Quelque chose de terrible s'était passé, quelque chose de si perturbant qu'elle ne pouvait qu'en enfouir le souvenir au fond de sa mémoire. Elle se sentait incapable de l'affronter. Pas maintenant.

— D'autres personnes ont des doutes sur ta « mort », poursuivait Meredith. C'est pour ça qu'à l'église je n'ai pas donné le véritable lieu et le véritable jour de rendez-vous ; j'avais peur qu'Alaric te tende un piège. Il posait des tas de questions. Heureusement que Bonnie ne savait rien !

— Tu es injuste, protesta Bonnie. Alaric est solidaire, c'est tout. Il veut nous aider dans cette épreuve, comme il l'a toujours fait. C'est un Poisson...

— C'est un espion, la coupa Elena. Et peut-être plus que ça. Mais on en reparlera plus tard. Et Tyler Smallwood ? Je ne l'ai pas vu à la cérémonie.

Meredith parut stupéfaite.

— Tu n'es pas au courant ?

— Je ne suis au courant de *rien* ; j'ai dormi dans un grenier pendant quatre jours.

— Eh bien... commença Meredith, embarrassée. Tyler vient de sortir de l'hôpital. Comme Dick Carter et les quatre types qui étaient avec eux le jour de l'anniversaire de la fondation du lycée. Ils ont été attaqués ce soir-là, dans la baraque de chantier, et ils ont perdu beaucoup de sang.

Voilà qui expliquait la soudaine vigueur du Pouvoir de Stefan. Et voilà pourquoi il s'affaiblissait de nouveau. Il ne s'était probablement pas nourri depuis cette nuit-là.

— Est-ce qu'on suspecte Stefan ?

— M. Smallwood a essayé, mais la police s'est heurtée à un problème de temps. Ils savent approximativement quand Tyler a été agressé parce qu'il avait rendez-vous avec son père et qu'il ne s'est pas montré. Et Bonnie et moi pouvons fournir un alibi à Stefan parce qu'on venait juste de le laisser au bord de la rivière avec toi. Il n'a pas *pu* revenir pour attaquer Tyler – du moins aucun humain normal ne l'aurait pu. Et, pour le moment, la police n'envisage pas un phénomène surnaturel.

— Je vois, dit Elena, au moins soulagée sur ce point.

— Tyler et les autres ne peuvent pas identifier leur agresseur parce qu'ils n'ont aucun souvenir de ce qui s'est passé, ajouta Meredith. Caroline non plus.

— *Caroline* était avec eux ?

— Oui, mais on n'a pas trouvé de traces sur son cou, comme sur les autres. Elle est juste en état de choc. Malgré tout ce qu'elle a fait, j'ai presque de la peine pour elle. Elle fait pitié à voir.

— Et personne ne risque de suspecter Stefan après ce qui s'est passé avec ces chiens à l'église aujourd'hui, fit remarquer Bonnie. Mon père dit qu'un chien de grosse taille aurait très bien pu briser la vitre de la baraque de chantier, d'autant que les marques au cou de Tyler ressemblent à des morsures d'animal. La plupart des gens pensent que c'est un chien ou une meute de chiens qui a fait ça.

— Ce qui les arrange bien, observa Meredith d'un ton détaché.

— Mais c'est ridicule, déclara Elena. Les animaux normaux ne se comportent pas comme ça. Ces gens ne se demandent pas *pourquoi* leurs chiens sont subitement devenus fous au point de se retourner contre eux ?

— La plupart s'en sont tout simplement débarrassés, répondit Meredith. Oh, et j'ai entendu parler de test de dépistage de la rage ! Mais il ne s'agit pas de la rage, hein, Elena ?

— Non, je ne crois pas. Stefan et Damon non plus. C'est de ça que je suis venue parler avec vous.

Elena leur fit part de ses réflexions concernant la présence éventuelle d'un Autre Pouvoir à Fell's Church. Elle parla de la chose qui l'avait poursuivie, de son sentiment à propos des chiens et de tout ce dont Stefan, Damon et elle avaient discuté.

— Bonnie elle-même a évoqué une « chose maléfique » aujourd'hui à l'église. C'est exactement ça : une chose inconnue, une chose dangereuse. Je suppose que *tu* ne savais pas de quoi tu parlais en disant ça, Bonnie ?

Mais les pensées de Bonnie suivaient un autre cours.

— Alors, Damon n'a pas *forcément* fait ces choses horribles dont tu l'accusais, conclut-elle d'un air triomphant. Comme de tuer Yang-Tsé, blesser Vickie, assassiner M. Tanner, et tout le reste. Je t'avais bien dit qu'un garçon aussi beau ne pouvait pas être un tueur psychopathe.

— Tu ferais mieux de renoncer à voir Damon sous un angle sentimental, l'avertit Meredith en jetant un regard à Elena.

— Il a tué M. Tanner, Bonnie, affirma catégoriquement Elena. Et il est logique de penser qu'il a aussi commis les autres agressions. Et puis j'ai déjà moi-même assez de mal à m'en sortir avec lui. Crois-moi, c'est pas un cadeau. Oublie-le.

— Je dois oublier Damon ; je dois oublier Alaric... Est-ce qu'il y a un mec que je ne suis *pas* censée oublier ? Et pendant ce temps Elena se les fait tous. C'est pas juste.

— La *vie* est injuste, lui rappela Meredith avec cynisme avant de se tourner de nouveau vers Elena. Si cet Autre Pouvoir existe, à quoi il ressemble, à ton avis ?

— Je ne sais pas. Il peut sans doute se transformer pour passer inaperçu. Prendre par exemple l'apparence d'une personne ordinaire. C'est pour ça que j'ai besoin de votre aide, parce que ça peut être n'importe qui à Fell's Church. C'est exactement ce qu'a dit Bonnie pendant la cérémonie : « Personne n'est ce qu'il paraît être. »

— Je ne me rappelle pas avoir dit ça, déclara Bonnie d'un ton morne.

— Tu l'as pourtant dit. « Personne n'est ce qu'il paraît être », cita-t-elle de nouveau en détachant chaque mot. *Personne.*

Elle tourna la tête vers Meredith, mais le regard de son amie était lointain.

— Donc, *tout le monde* est potentiellement suspect, conclut cette dernière, imperturbable. C'est ça ?

— C'est ça, acquiesça Elena. Mais on devrait établir une liste des principaux suspects. Damon et Stefan ont déjà accepté d'enquêter et, si vous vous y mettez aussi, on aura plus de chances d'aboutir.

Elena se sentait enfin dans son élément ; elle avait toujours eu le don de l'organisation, que ce soit pour séduire les garçons ou réunir des fonds pour organiser un événement. Cette fois-ci, ce serait juste un peu plus sérieux que d'habitude.

Meredith donna un stylo et du papier à Bonnie, qui regarda successivement ses deux amies.

— Bon, dit-elle finalement. Qui inscrit-on sur la liste ?

— Tous ceux qui nous paraissent susceptibles d'être l'Autre Pouvoir. Tous ceux qui ont eu un comportement bizarre ces derniers temps.

— Matt, décréta Bonnie en se mettant à écrire aussitôt. Et Vickie. Et Robert.

— Bonnie ! s'exclamèrent en chœur Elena et Meredith.

Bonnie leva les yeux.

— Ben quoi ? Matt s'est comporté bizarrement, et Vickie aussi, depuis des mois maintenant. Et Robert traînait devant l'église avant la cérémonie, mais il n'est pas entré...

— Oh, Bonnie, franchement ! la coupa Meredith, agacée. Vickie est une *victime*, pas un suspect. Et si Matt est une puissance du Mal, alors je suis le bossu de Notre-Dame. Quant à Robert...

— D'accord, je les barre, déclara froidement Bonnie. Voyons un peu *vos* idées maintenant.

— Non, attends, Bonnie, dit Elena d'un air pensif.

Quelque chose lui revenait, quelque chose qui l'intriguait depuis un certain temps, depuis...

— Depuis l'église, dit-elle tout haut alors que la scène lui revenait clairement à l'esprit. J'ai vu Robert devant l'église moi aussi. Juste avant que les chiens n'attaquent. Il s'éloignait avec prudence comme s'il savait ce qui allait se passer.

— Mais, Elena...

— Non, écoute-moi, Meredith. Je l'ai aussi vu samedi soir avec tante Judith. Quand elle lui a dit qu'elle ne l'épouserait pas, il a eu une drôle d'expression... je ne sais pas. Mais je crois que tu devrais le remettre sur la liste, Bonnie.

Après un instant d'hésitation, Bonnie s'exécuta, avec le plus grand sérieux.

— Qui d'autre ? demanda-t-elle.

— Eh bien, je crains qu'Alaric ne doive y figurer, dit Elena. Je suis désolée, Bonnie, mais il est pratiquement suspect numéro un.

Elle relata la conversation qu'elle avait entendue entre Alaric et le proviseur.

— Ce n'est pas un simple prof d'histoire ; ils l'ont fait venir ici dans un but bien précis. Il sait que je suis un vampire, et il me cherche. Et aujourd'hui, pendant l'attaque des chiens, il se tenait à l'écart et faisait des gestes bizarres. Il n'est certainement pas ce qu'il paraît être. Reste à savoir ce qu'il est. Tu écoutes, Meredith ?

— Oui. Je me disais qu'on pouvait inscrire Mme Flowers sur la liste. Rappelez-vous, quand on a ramené Stefan du puits, elle est restée à la fenêtre de la pension. Elle ne nous a même pas ouvert. C'est bizarre, non ?

Elena hocha la tête.

— Oui, et puis elle me raccrochait toujours au nez quand j'appelais Stefan. Ce n'est peut-être qu'une vieille toquée, mais inscris-la quand même, Bonnie.

Elle passa une main dans ses cheveux, les écartant de sa nuque. Elle avait chaud. Non, pire que ça. Elle se sentait complètement déshydratée.

— Bon, on ira faire un tour à la pension demain avant les cours, décida Meredith. En attendant, qu'est-ce qu'on peut faire d'autre ? Jetons un coup d'œil à cette liste, Bonnie.

Bonnie leur montra la liste, et elles se penchèrent pour lire :

~~Matt Honeycutt~~

~~Vickie Bennett~~

Robert Maxwell – Que faisait-il à l'église quand les chiens ont attaqué ? Que s'est-il passé avec la tante d'Elena ?

Alaric Saltzman – Pourquoi pose-t-il autant de questions ? Pourquoi l'a-t-on fait venir à Fell's Church ?

Mme Flowers – Pourquoi agit-elle si bizarrement ? Pourquoi ne nous a-t-elle pas laissés entrer la nuit où Stefan était blessé ?

— Parfait, dit Elena. Il faudra aussi découvrir à qui appartenaient les chiens qui ont attaqué. Et vous pourrez observer Alaric au lycée demain.

— *J'*observerai Alaric, déclara fermement Bonnie. Et je le laverai de tout soupçon ; vous verrez.

— O.K., disons qu'il t'est attribué. Meredith peut se charger de Mme Flowers, et moi de Robert. Quant à Stefan et Damon... on peut leur attribuer tous les suspects. Et puis cette liste reste ouverte. Je vais leur demander de sillonner la ville à la recherche du moindre signe de l'Autre Pouvoir.

Elena humecta distraitement ses lèvres. Elle était vraiment déshydratée. Elle remarqua quelque chose qui lui avait échappé jusqu'à présent : le fin réseau de veines à l'intérieur du poignet de Bonnie. Cette dernière tenait encore la liste en l'air, et la peau de son poignet était si translucide qu'on voyait nettement le parcours des petites veines bleues. Elena regretta de ne pas avoir été plus attentive quand ils avaient étudié l'anatomie humaine au lycée ; comment s'appelait cette veine qui formait une sorte de fourche... ?

— Elena. Elena !

Surprise, Elena leva les yeux et croisa le regard méfiant de Meredith et l'expression inquiète de Bonnie. Alors seulement elle se rendit compte qu'elle était penchée sur le poignet de Bonnie, caressant du doigt la plus grosse veine.

— Désolée, murmura-t-elle en se redressant.

Mais elle sentait encore la pointe tranchante de ses canines sur sa lèvre inférieure. Et son sourire rassurant n'eut pas sur Bonnie l'effet escompté. Son amie avait l'air effrayée, ce qui était stupide. Bonnie aurait dû savoir qu'Elena ne lui ferait jamais aucun mal. De toute façon, elle n'avait pas *très* faim ce soir ; elle avait toujours eu un petit appétit. Il lui suffirait de sucer cette minuscule veine...

Elena bondit sur ses pieds et alla à la fenêtre. Appuyée contre le rebord, elle se laissa envelopper par l'air frais de la nuit. Elle se sentait un peu étourdie, et elle avait du mal à respirer.

Qu'avait-elle *fait* ? Elle se retourna, et découvrit Bonnie et Meredith blotties l'une contre l'autre, l'air totalement terrorisées. Elle détestait leur faire cet effet-là.

— Je suis désolée, répéta-t-elle. Je ne l'ai pas fait exprès, Bonnie. Écoute, je ne m'approcherai plus. J'aurais dû me nourrir avant de venir ici. Damon m'avait prévenue.

Bonnie déglutit avec difficulté.

— Te nourrir ?

— Me nourrir, oui ! s'emporta Elena.

Les veines lui brûlaient ; c'était le signe qu'elle avait faim. Stefan lui avait décrit ce phénomène, mais elle n'avait jamais vraiment compris par quelles souffrances il passait quand le besoin de sang se faisait sentir. C'était terrible, irrépressible.

— Tu crois que je me suis nourrie de l'air du temps ces derniers jours ? ajouta-t-elle, agressive. Je suis un prédateur maintenant, et je ferais mieux de sortir chasser.

Bonnie et Meredith essayaient de faire face, elle le voyait bien, mais elle voyait aussi de la répulsion au fond de leurs yeux. Elle se concentra pour utiliser ses nouveaux sens, pour s'ouvrir à la nuit et repérer la présence de Stefan ou de Damon. C'était difficile, mais elle crut capter une faible lueur dans la ville.

Comment entrer en contact ? Elle n'en avait pas les moyens. La frustration accentua la brûlure dans ses veines... Elle venait juste de décider de se débrouiller sans eux quand un coup de vent fit claquer le rideau. Bonnie se dressa d'un bond, heurtant la lampe de chevet, qui alla rouler sur le sol. La pièce était désormais plongée dans l'obscurité. Meredith poussa un juron et s'employa à remettre la lampe en place. Bonnie était sur le point de hurler.

Quand la lumière revint, elle révéla Damon nonchalamment assis sur le rebord de la fenêtre, mais en équilibre précaire. Il arborait un de ces sourires carnassiers dont lui seul avait le secret.

— Puis-je entrer ? demanda-t-il. C'est assez inconfortable ici.

Elena regarda Bonnie et Meredith, agrippées l'une à l'autre près de la penderie, l'air à la fois horrifiées et fascinées. Elle secoua la tête, exaspérée.

— Et moi qui croyais avoir fait une entrée théâtrale, railla-t-elle. Très drôle, Damon. Maintenant, allons-nous-en.

— En abandonnant tes si charmantes amies ?

Il sourit de nouveau à Bonnie et à Meredith.

— Et puis je viens juste d'arriver. Quelqu'un aura-t-il la politesse de m'inviter à entrer ?

Les yeux de Bonnie, rivés avec impuissance sur le visage de Damon, se radoucirent. Ses lèvres, béantes d'horreur, s'ouvrirent un peu plus. Elena reconnut les signes d'une reddition imminente.

— Non, *personne*, dit-elle en s'interposant entre lui et les filles. Personne ici ne sera à toi, Damon – ni maintenant ni jamais.

Tandis qu'il la défiait du regard, elle ajouta malicieusement :

— De toute façon, je partais. Je ne sais pas *toi*, mais moi je vais chasser.

Elle fut rassurée en sentant la présence de Stefan toute proche, probablement sur le toit, et en l'entendant rectifier instantanément : *Nous allons chasser, Damon. Tu peux rester assis là toute la nuit, si ça te chante.*

Damon abdiqua de bonne grâce. Il lança un dernier regard amusé vers Bonnie avant de disparaître. Bonnie et Meredith s'élancèrent instinctivement, craignant qu'il ne se soit écrasé en bas.

— Ne vous inquiétez pas pour lui, les rassura Elena d'un air totalement détaché. Et ne vous en faites pas, je ne le laisserai pas revenir. Je vous retrouve demain à la même heure. Salut.

— Mais... Elena, l'arrêta Meredith. Tu... ne veux pas te changer ?

Elena se regarda. Sa robe était en piteux état, mais elle n'avait pas le temps de se changer ; elle devait se nourrir *immédiatement*.

— Je verrai ça plus tard, dit-elle. À demain.

Et elle sauta par la fenêtre exactement comme Damon venait de le faire. Elle eut le temps de voir le regard halluciné de ses amies avant de disparaître dans la nuit.

Elle commençait à bien se débrouiller question atterrissage ; cette fois elle ne s'écorcha pas les genoux. Stefan était là. Il l'enveloppa aussitôt dans un vêtement chaud.

— Ton manteau, murmura-t-il.

Ils se sourirent, se rappelant la première fois où il lui avait donné ce manteau, après qu'il l'eut sauvée des sales pattes de Tyler dans le cimetière. Ils s'étaient retrouvés dans sa chambre, un peu plus tard. À l'époque, il craignait de la toucher. Mais Elena s'était chargée de l'aider à surmonter cette crainte. Son sourire s'épanouit à ce souvenir.

— Je croyais qu'on allait chasser, intervint Damon.

Elena tourna vers lui son visage radieux, sans lâcher la main de Stefan.

— Nous sommes prêts. Tu as une idée de l'endroit où aller ?

— Dans n'importe quelle maison de cette rue, suggéra Damon.

— La forêt, contra Stefan.

— La forêt, acquiesça Elena. On ne touche pas aux humains, et on ne tue pas. C'est bien ça, Stefan ?

Il lui pressa tendrement la main.

— C'est bien ça, dit-il avec une tranquille assurance.

Damon prit une mine dégoûtée.

— Et qu'allons-nous chasser dans la forêt ? Des rats musqués ? Des moufettes ? Des termites ?

Son regard glissa vers Elena.

— Viens avec moi, et je te montrerai ce qu'est une vraie chasse.

— On peut passer par le cimetière, dit-elle en l'ignorant.

— Les daims se nourrissent à découvert toute la nuit, mais il faut les approcher avec précaution, l'informa Stefan. Leur ouïe est aussi développée que la nôtre.

Une autre fois, alors, souffla Damon dans l'esprit d'Elena.

8

QU'EST-CE QUE... ? s'exclama Bonnie en sentant quelque chose effleurer son coude. Ah, c'est toi ! Tu m'as fait une de ces peurs. Je ne t'ai pas entendu arriver.

Stephan devait faire attention. En seulement quelques jours, il avait perdu l'habitude de se déplacer comme un humain. Ses comportements de chasseur avaient repris le dessus.

— Pardon, s'excusa-t-il alors qu'ils s'engageaient dans le couloir.

— Pas grave, répondit Bonnie en simulant courageusement une décontraction qu'elle était loin d'éprouver. Qu'est-ce que tu fais là ? Meredith et moi, on est passées chez Mme Flowers ce matin, mais personne ne nous a ouvert. Tu n'es pas venu en cours de biologie.

— Je ne suis revenu que cet après-midi. Je réintègre le lycée, tant que ce sera utile à notre enquête.

— Pour surveiller Alaric, tu veux dire, murmura Bonnie. J'ai pourtant dit à Elena que je m'en chargeais. Mince ! s'étrangla-t-elle tandis que deux élèves venant dans l'autre sens la regardaient avec curiosité.

Elle jeta un regard oblique à Stefan. Sans se concerter, ils empruntèrent un couloir latéral et se dirigèrent vers une cage d'escalier déserte. Bonnie s'adossa au mur avec un soupir de soulagement.

— Je dois me rappeler de ne pas prononcer son nom, mais c'est si *difficile*, se plaignit-elle. Ma mère m'a demandé comment je me sentais ce matin et j'ai failli lui dire « en pleine forme ». Je ne sais pas comment vous arrivez à garder votre secret depuis si longtemps, si tu vois ce que je veux dire.

Stefan sourit malgré lui. La sincérité de Bonnie était vraiment désarmante. Elle disait toujours ce qu'elle pensait au moment où elle le pensait, même si c'était en totale contradiction avec ce qu'elle avait déclaré l'instant d'avant. Mais tout ce qu'elle faisait venait du cœur.

— Tu es dans un escalier désert avec un... ce que tu sais, lui rappela-t-il avec un sourire faussement diabolique.

— Ohhh, gémit-elle, les yeux écarquillés. Mais tu ne le ferais pas, hein ? ajouta-t-elle avec un semblant d'assurance. Parce qu'Elena te *tuerait*... Oh ! là, là !...

Se hâtant de changer de sujet, elle demanda :

— Alors... alors, ça s'est bien passé la nuit dernière ?

Stefan se rembrunit aussitôt.

— Pas trop. Mais Elena va bien ; elle dort en sécurité.

Avant qu'il puisse continuer, des bruits de pas retentirent. Trois filles passaient dans le couloir. L'une d'elles se détacha du groupe en apercevant Stefan et Bonnie. C'était Sue Carson. Son visage était très pâle, ses yeux rouges, mais elle leur sourit.

— Comment ça va, Sue ? lui demanda Bonnie, soucieuse. Et Doug ?

— Je vais bien. Doug aussi, ou du moins il ira bien dans quelque temps. Stefan, je voulais te parler, s'empressa-t-elle d'ajouter. Mon père t'a déjà remercié d'avoir aidé Doug, mais je voulais le faire aussi. Je sais que les gens d'ici t'ont plutôt mal accueilli et... eh bien, je suis surprise que tu te sois donné la peine de nous aider. Mais je suis contente. Ma mère dit que tu as sauvé la vie de Doug. Alors je voulais juste te remercier, et te dire que je suis désolée... pour tout.

Sa voix tremblait d'émotion. Bonnie renifla et farfouilla dans son sac à dos à la recherche d'un mouchoir. Stefan se voyait déjà avec deux filles en larmes sur les bras. Il se creusa la cervelle, à la recherche d'un sujet de diversion.

— Il n'y a pas de quoi, dit-il rapidement. Comment va Chelsea aujourd'hui ?

— Elle est à la fourrière. Les chiens qu'ils ont pu attraper doivent y rester en quarantaine.

Sue se sécha les yeux et se redressa. L'alerte était passée. Un silence gêné s'installa.

— Tu sais ce qui a été décidé pour le bal d'hiver ? demanda finalement Bonnie à Sue.

— Le comité se réunit aujourd'hui. Je crois qu'ils sont décidés à le maintenir. Il paraît qu'il est quand même question de mettre un flic à l'entrée. Oh, la sonnerie ! On ferait mieux d'aller en cours d'histoire avant qu'Alaric nous colle un avertissement.

— On arrive, dit Stefan. Il a lieu quand, ce bal d'hiver ? ajouta-t-il d'un air détaché.

— Le treize, vendredi soir, précisa Sue, puis elle tressaillit. Oh ! mon Dieu, vendredi treize. Je ne m'en étais même pas rendu compte. Mais ça me rappelle que j'avais autre chose à te dire. Ce matin, j'ai rayé mon nom de la liste des concurrentes pour le titre de Reine de l'hiver. Ça... ça m'a paru plus juste. C'est tout.

Elle s'éclipsa en courant presque.

— Bonnie, c'est *quoi* ce bal d'hiver ?

— C'est le bal de Noël, en fait, sauf qu'on élit une Reine de l'hiver au lieu d'une Reine de Noël. Après ce qui s'est passé au dernier bal du lycée, ils ont envisagé de l'annuler, et puis avec les chiens hier... mais on dirait qu'ils vont le maintenir finalement.

— Un vendredi treize, dit sombrement Stefan.

— Oui.

Bonnie se tassa sur elle-même, l'air de nouveau effrayée.

— Stefan, je n'aime pas quand tu as ce regard-là ; tu me fais peur. Quel est le problème ? Qu'est-ce qui risque de se passer pendant ce bal ?

— Je ne sais pas.

Mais quelque chose se passerait, il en était sûr. Pas une seule des fêtes célébrées à Fell's Church n'avait pour l'instant été épargnée par l'Autre Pouvoir. Pourquoi celle-ci ferait-elle exception ? Mais il était inutile d'en parler maintenant.

— Viens. On est vraiment en retard.

Il avait raison. Alaric Saltzman était au tableau quand ils entrèrent dans la classe. S'il fut surpris de leur retard – ou de leur présence –, il le cacha bien. Il alla même jusqu'à leur adresser un sourire amical.

C'était donc lui qui traquait le chasseur, songea Stefan en s'asseyant au premier rang pour mieux l'observer. Mais était-il plus que ça ? Était-il l'Autre Pouvoir ?

En apparence, rien ne semblait plus improbable. Les cheveux blond-roux d'Alaric, juste un peu trop longs pour un prof, son sourire enfantin, sa gaieté tenace, tout en lui contribuait à donner l'impression qu'il était parfaitement inoffensif. Dès le début, Stefan s'était demandé ce que cachait cette façade anodine. De là à supposer qu'Alaric était responsable de l'agression d'Elena ou de l'incident avec les chiens, il y avait une marge. Aucun déguisement ne pouvait atteindre une telle perfection.

Elena. Les mains de Stefan se crispèrent. Il ne voulait pas penser à elle. S'il avait réussi à supporter l'épreuve de ces cinq derniers jours, c'était justement parce qu'il avait évité de penser à elle. Mais cela supposait que son esprit fût pleinement occupé par ailleurs. Et, de ce point de vue, cet endroit était le pire de tous – une salle de classe où l'on donnait un cours qui ne l'intéressait pas. Où il n'y avait rien d'autre à faire *que* penser.

Il se força à inspirer lentement, calmement. Elle allait bien ; c'était l'essentiel. Rien d'autre ne comptait vraiment. Mais alors même qu'il se disait cela, la jalousie le cinglait comme les lanières d'un fouet. Parce qu'il ne pouvait plus penser à Elena sans penser à *lui*.

À Damon, qui était libre de ses mouvements. Qui pouvait tout aussi bien se trouver avec Elena à cet instant précis.

Une rage froide s'empara de lui. Il n'était toujours pas convaincu que ce n'était pas Damon qui l'avait jeté dans le puits. Et il pourrait prendre davantage au sérieux l'hypothèse de l'existence d'un Autre Pouvoir s'il était absolument sûr que Damon n'avait pas tué Elena. Damon était diabolique ; il ne connaissait ni la pitié ni les scrupules...

Et qu'a-t-il fait que je n'aie moi-même fait ? se demanda-t-il pour la énième fois. Rien.

Sauf tuer.

Stefan avait essayé de tuer. Il avait voulu tuer Tyler. À ce souvenir, sa rage contre Damon s'éteignit, et son regard se dirigea vers un bureau au fond de la salle.

Il était vide. Bien que Tyler fût sorti de l'hôpital la veille, il n'avait pas réintégré le lycée. Il n'y avait cependant aucun danger qu'il se souvienne de ce macabre après-midi. La suggestion subliminale d'oublier durerait un moment, tant que personne ne viendrait semer la pagaille dans l'esprit de Tyler.

Stefan prit soudain conscience qu'il fixait sans le voir le bureau vide de Tyler. Alors qu'il détournait le regard, il croisa celui de Matt qui l'observait.

Ce dernier baissa vivement la tête et fit mine de s'absorber dans son livre d'histoire, mais Stefan avait eu le temps de voir son expression.

N'y pense pas, s'ordonna-t-il. Ne pense à rien. Et il essaya de se concentrer sur Alaric Altzman qui pérorait sur la Guerre des Roses.

5 décembre – je ne sais pas quelle heure, probablement le début de l'après-midi.

Cher Journal,

Damon t'a ramené à moi ce matin. Stefan ne veut plus que j'aille dans le grenier d'Alaric. J'utilise le stylo de Stefan. Je ne possède plus rien, ou du moins je ne peux récupérer aucune de mes affaires parce que tante Judith remarquerait leur disparition. En ce moment je suis dans une grange derrière la pension. Je ne peux aller chez personne sans y avoir été invitée. Je suppose que les animaux ne comptent pas, parce qu'ici il y a des rats qui dorment sous le foin et un hibou sur une poutre du toit. Pour l'instant, nous nous ignorons réciproquement.

J'essaie de toutes mes forces de ne pas craquer.

J'ai pensé qu'écrire m'aiderait. Une activité normale, familière. Sauf que plus rien n'est normal dans ma vie.

Damon dit que je m'y habituerai plus vite si je rejette mon ancienne vie pour m'engager pleinement dans la nouvelle. Il semble trouver inévitable que je devienne comme lui. Il dit que je suis née pour être un prédateur et qu'il est sans intérêt de faire les choses à moitié.

J'ai chassé un daim la nuit dernière. J'ai bu son sang.

Quand je relis ce journal, je vois bien que j'étais à la recherche de quelque chose, d'un endroit où je me sentirais chez moi. Mais cette nouvelle vie n'est pas ce que je cherchais. J'ai peur de ce que je vais devenir si je commence à me sentir à ma place dans cette vie-là.

Oh ! mon Dieu, j'ai si peur.

Le hibou de la grange est d'un blanc presque pur, surtout quand il étend ses ailes et qu'on en voit l'intérieur. Il a juste un peu de doré sur le visage. Il me regarde en ce moment parce que je fais du bruit à force de me retenir de pleurer.

C'est bizarre que je puisse encore pleurer. Je suppose que ce sont les sorcières qui ne le peuvent pas.

Dehors, il commence à neiger. Mon manteau me tient chaud.

Elena referma le petit carnet, le posa près d'elle et remonta son manteau de velours jusqu'à son menton. La grange était plongée dans le silence, mis à part le souffle des animaux endormis. À l'extérieur, la neige tombait sans bruit, modifiant lentement le paysage. Elena la regardait sans la voir, sentant à peine les larmes qui coulaient sur ses joues.

— Bonnie McCullough et Caroline Forbes, pourriez-vous rester une minute ? demanda Alaric à la fin du cours.

Stefan fut aussitôt en alerte. Son inquiétude grandit quand il croisa le regard craintif et plein d'appréhension de Vickie Bennett, qui rôdait devant la salle.

— Je serai dans le couloir, lança-t-il à Bonnie d'un air entendu, haussant brièvement les sourcils pour l'inciter à la prudence.

En réponse, elle lui décocha un regard indigné. *Moi*, laisser échapper quelque chose que je ne dois pas dire ? Tu me connais mal ! affirmait ce regard.

Stefan espérait qu'elle disait vrai.

Vickie Bennett entrait quand il sortit. Il dut s'écarter pour la laisser passer, ce qui le plaça dans la trajectoire de Matt, visiblement très pressé de partir.

Stefan lui saisit le bras sans réfléchir.

— Matt, attends.

— Lâche-moi, gronda Matt en levant le poing.

Il regarda son poing avec une évidente surprise, comme s'il ne savait pas pourquoi il réagissait ainsi.

Mais il continua de résister à Stefan.

— Je veux seulement te parler. Juste une minute, d'accord ?

— J'ai pas une minute, cingla Matt.

Ses yeux d'un bleu très clair croisèrent enfin ceux de Stefan. Ils semblaient curieusement vides, comme ceux d'une personne sous hypnose, ou sous l'influence d'un Pouvoir.

Mais il ne s'agissait que du pouvoir de l'esprit de Matt, comprit Stefan. C'était une défense que le cerveau humain mettait en œuvre quand la réalité devenait trop insoutenable. Matt avait déconnecté, coupé le jus.

— Au sujet de ce qui s'est passé samedi soir... commença prudemment Stefan.

— Je sais pas de quoi tu parles. Écoute, je t'ai dit que j'avais pas le temps. T'es bouché ou quoi ?

Matt résistait, mais Stefan devait encore essayer.

— Je comprends que tu sois en colère. À ta place, je serais furieux. Et il m'arrive à moi aussi de ne plus vouloir penser, parce que ça me rend dingue.

Matt secouait la tête avec obstination. Alors Stefan fut tenté de prendre un risque. Après s'être assuré qu'il n'y avait personne à proximité, il poursuivit à voix plus basse :

— Mais peut-être que tu aimerais au moins savoir qu'Elena s'est réveillée, et qu'elle est...

— Elena est morte ! hurla Matt, attirant l'attention de ceux qui se trouvaient encore dans le couloir. Et je t'ai déjà dit de me lâcher ! ajouta-t-il en poussant brutalement Stefan.

C'était si inattendu que Stefan n'eut pas le temps de réagir. Il fut violemment projeté contre les casiers. Quand il leva les yeux vers Matt, celui-ci s'éloignait à grands pas dans le couloir, sans un seul regard en arrière.

Stefan resta là, le regard rivé au mur d'en face. Une affiche pour le Bal de l'hiver y était scotchée. Quand les filles sortirent de la classe, il la connaissait jusqu'au moindre détail.

Malgré tout ce que Caroline avait fait, Stefan ne ressentait plus de haine envers elle. Ses cheveux auburn n'avaient plus aucun éclat, ses traits étaient tirés. Elle semblait moins élancée qu'autrefois tant elle se tenait voûtée, remarqua-t-il encore en la regardant s'en aller.

— Tout s'est bien passé ? demanda-t-il à Bonnie, tandis qu'ils s'éloignaient côte à côte.

— Oui, bien sûr. Alaric est conscient que Vickie, Caroline et moi avons traversé beaucoup d'épreuves. Il voulait juste nous assurer de son soutien.

Son optimisme à toute épreuve vis-à-vis du prof d'histoire avait quand même l'air un peu forcé.

— De toute façon, on ne lui a rien dit. Il organise une autre petite fête chez lui la semaine prochaine, ajouta-t-elle joyeusement.

Génial, pensa sombrement Stefan. Mais il ne fit aucun commentaire ; son attention venait d'être attirée par une silhouette au loin.

— Tiens, voilà Meredith ! dit-il en la reconnaissant soudain.

— Elle nous attend... Ah, non ! elle va vers le département d'histoire. C'est bizarre, je lui avais dit qu'on se retrouverait ici.

Bizarre. Stefan trouvait le mot faible à en juger par la vision fugitive qu'il avait eue de Meredith. Son visage avait l'expression méfiante et calculatrice de quelqu'un qui manigance quelque chose.

— Elle va revenir dans une minute, quand elle verra qu'on n'est pas en bas, assura Bonnie.

Mais Meredith ne revint pas au bout d'une minute, ni de deux ou de trois.

En fait, il se passa presque dix minutes avant qu'elle ne réapparaisse. Elle parut tout étonnée en découvrant que Stefan et Bonnie étaient en train de l'attendre.

— Désolée, j'ai été retenue, dit-elle le plus simplement du monde.

Stefan admira son sang-froid.

Mais il se demandait ce que cachait une telle maîtrise de soi. Et, tandis qu'ils quittaient ensemble le lycée, seule Bonnie était d'humeur à bavarder.

— La dernière fois, tu as utilisé le feu, rappela Elena.

— Parce qu'on était à la recherche de Stefan, d'une personne en particulier, répliqua Bonnie. Cette fois, on essaye de prédire l'avenir. Si je voulais prédire *ton* avenir, je lirais les lignes de ta main mais, là, c'est quelque chose de plus général.

Meredith entra dans la pièce, transportant avec précaution un bol chinois rempli d'eau. De l'autre main, elle tenait une bougie.

— Voilà tes trucs, dit-elle à Bonnie.

— L'eau était sacrée pour les druides, expliqua cette dernière, tandis que Meredith posait le bol par terre.

Les trois amies s'installèrent autour.

— Apparemment, *tout* était sacré pour les druides, commenta Meredith.

— Chhh. Mets la bougie dans le bougeoir et allume-la. Ensuite, je verserai de la cire fondue dans l'eau, et les formes qui se dessineront me donneront les réponses à vos questions. Ma grand-mère utilisait du plomb fondu, et sa propre grand-mère de l'argent, mais elle m'a certifié que la cire ferait aussi bien l'affaire.

Une fois la bougie allumée, Bonnie la regarda comme s'il s'agissait d'un serpent venimeux, et poussa un profond soupir.

— J'ai de plus en plus la trouille de faire ces trucs, avoua-t-elle à mi-voix.

— Rien ne t'y oblige, dit doucement Elena.

— Je sais. Mais je veux le faire – pour cette fois. De toute façon, c'est pas les rituels qui me font peur ; c'est les transes. Je *déteste* ça. On dirait que quelqu'un prend possession de mon corps...

Elle poussa un autre soupir avant de poursuivre :

— Bon, on y va. Baisse la lumière, Meredith. Laissez-moi une minute pour me mettre en condition avant de poser vos questions.

Elena observa les ombres mouvantes que la flamme projetait sur les paupières closes de Bonnie et le visage grave de Meredith. Puis elle baissa les yeux sur ses mains, formes pâles qui se détachaient sur les collants noirs que Meredith lui avait prêtés.

— On peut commencer, dit doucement Bonnie en prenant la bougie.

— Qui est l'Autre Pouvoir à Fell's Church ? demanda Elena, baissant instinctivement la voix.

Bonnie pencha la bougie pour que la flamme vienne en lécher les bords. De la cire fondue commença à couler dans le bol, formant des pastilles rondes.

— C'est ce que je craignais, murmura Bonnie. Il n'y a pas de réponse. Essaie une autre question.

Déçue, Elena préféra rester en retrait. Meredith prit la parole.

— Est-ce que *nous* sommes capables de trouver l'Autre Pouvoir si on le cherche. Et est-ce qu'on peut le vaincre ?

— Ça fait deux questions, remarqua Bonnie en penchant de nouveau la bougie.

Cette fois, la cire forma un cercle, un anneau blanc bosselé.

— C'est le symbole de l'unité ! Ça veut dire qu'on peut y arriver si on reste unies.

Elena releva brusquement la tête. C'était presque mot pour mot ce qu'elle avait dit à Stefan et à Damon. Les yeux de Bonnie brillaient d'excitation. Elles se sourirent.

— Attention ! souffla Meredith. Ça coule encore.

Bonnie redressa vivement la bougie, et regarda de nouveau dans le bol. La dernière coulée de cire avait formé une fine ligne droite.

— C'est une épée, dit-elle lentement. Ça signifie le sacrifice. On peut réussir en restant unies, mais pas sans sacrifice.

— Quelle sorte de sacrifice ? demanda Elena.

— Je ne sais pas, répondit Bonnie, troublée. C'est tout ce que je peux vous dire pour cette fois.

Elle remit la bougie dans le bougeoir.

— Waouh ! dit Meredith en se levant pour rallumer.

Elena se leva aussi.

— Eh bien, on sait au moins qu'on peut le vaincre, conclut-elle en remontant le collant un peu trop grand pour elle.

Elle aperçut son reflet dans le miroir de Meredith. Où était passée l'ancienne Elena Gilbert ? Celle qui était toujours au top de la mode. Ainsi vêtue de noir, le visage blême, les cheveux emmêlés, elle avait une allure menaçante, telle une épée dans son fourreau.

— Ils ne me reconnaîtraient pas au lycée, murmura-t-elle avec un pincement au cœur.

Aussi incroyable que cela paraisse, l'école lui manquait. Peut-être justement parce qu'elle ne pouvait plus y aller. D'ailleurs, comment se pouvait-il qu'*elle*, la reine indétrônable du lycée, n'y remette plus jamais les pieds ? Ça semblait inconcevable.

— Tu pourrais aller ailleurs, suggéra Bonnie. Je veux dire, quand tout ça sera terminé, tu pourrais poursuivre tes études dans un endroit où personne ne te connaît. Comme Stefan l'a fait.

— Non, je ne crois pas.

Cette journée passée dans la grange à regarder la neige tomber n'avait pas arrangé son humeur.

— Bonnie, ça t'ennuierait de me lire les lignes de la main ? demanda-t-elle brusquement. J'aimerais connaître mon avenir.

Bonnie accéda à sa demande sans rechigner.

— Je veux bien essayer. J'espère juste qu'il n'y aura plus de « ténébreux inconnu ». Tu as eu largement ton compte dans ce domaine.

Elle gloussa en prenant la main que lui tendait Elena.

— Tu te rappelles quand Caroline te demandait ce que tu pourrais bien faire avec deux mecs ? Je crois que tu as trouvé, hein ?

— Contente-toi de lire dans ma main, tu veux ?

— O.K., voilà ta ligne de vie...

Bonnie s'arrêta net. Elle regardait la main d'Elena avec une expression de stupeur inquiète.

— Elle devrait aller jusqu'en bas, reprit-elle. Mais elle est si courte...

Les deux amies se regardèrent un moment sans rien dire. Elena sentit l'inquiétude la gagner à son tour. Puis Meredith intervint.

— Eh bien, c'est normal qu'elle soit courte. C'est en rapport avec ce qui s'est passé, quand Elena s'est noyée.

— Oui, bien sûr, ça doit être ça, murmura Bonnie.

Elle libéra la main d'Elena.

— C'est ça, évidemment, conclut-elle d'un ton plus ferme.

Elena regarda de nouveau son reflet dans le miroir. La fille qui lui faisait face était belle, mais il y avait dans son regard une sorte de sagesse triste qu'elle n'avait jamais vue chez Elena Gilbert.

— Ça ne peut être que ça, déclara-t-elle en souriant quand elle se rendit compte que Bonnie et Meredith l'observaient.

Mais ses yeux restaient désespérément tristes.

9

BON, AU MOINS JE N'AI PAS EU DE VISION, se félicita Bonnie. En fait, j'en ai marre de la voyance et de tous ces trucs de parapsychologie. C'était la dernière fois, juré craché.

— Et si on passait aux choses sérieuses ? dit Elena en se détournant du miroir. Tu as découvert quelque chose aujourd'hui ?

— J'ai discuté avec Alaric. Il organise une autre fête chez lui la semaine prochaine. Il nous a proposé une séance d'hypnose, à Caroline, Vickie et moi, pour nous aider à surmonter ce qui s'est passé. Mais je suis sûre qu'il n'est pas l'Autre Pouvoir, Elena. Il est trop sympa.

Elena hocha la tête. Après réflexion, elle-même commençait à douter qu'Alaric fût l'Autre Pouvoir. Pas parce qu'il était sympa, mais parce qu'elle avait passé quatre jours endormie dans son grenier. L'Autre Pouvoir l'aurait-il laissée dormir ainsi sans l'attaquer ? Bien sûr, Damon avait influencé Alaric pour qu'il oublie la présence d'Elena chez lui. Mais, justement, l'Autre Pouvoir se serait-il laissé influencer par Damon ? N'était-il pas bien plus fort que ça ?

À moins que son Pouvoir ne soit temporairement affaibli, songea-t-elle soudain. Comme celui de Stefan en ce moment. Ou qu'il ait seulement *fait semblant*.

— On ne va pas le rayer de la liste pour l'instant, dit-elle. Il faut être prudent. Et Mme Flowers ? On a du nouveau sur elle ?

— Rien, répliqua Meredith. On s'est pointés chez elle ce matin, mais elle n'a pas ouvert. Stefan essaiera de nouveau cet après-midi.

— Si quelqu'un pouvait m'inviter à entrer chez elle, je pourrais la surveiller aussi, soupira Elena. Je suis la seule à ne rien faire...

Elle s'interrompit pour réfléchir.

— Je vais aller à la maison, décida-t-elle. Chez tante Judith, je veux dire. Je trouverai peut-être Robert en train de rôder dans le coin.

— On vient avec toi, proposa Meredith.

— Non, il vaut mieux que j'y aille seule. J'ai l'art de passer inaperçue ces derniers temps.

— Sois prudente. Il neige encore beaucoup.

Elena hocha la tête. Une seconde plus tard, elle avait disparu par la fenêtre.

Quand elle parvint aux abords de sa maison, une voiture était en train de sortir de l'allée. Elle se dissimula dans l'ombre et observa. Les phares éclairaient un étrange tableau hivernal : la silhouette noire de l'arbre dénudé des voisins, un hibou blanc posé sur l'une de ses branches.

Quand la voiture passa devant elle, Elena reconnut l'Oldsmobile bleue de Robert.

Très intéressant. Elle avait envie de le suivre, mais il lui semblait plus urgent de vérifier que tout allait bien chez sa tante. Elle fit discrètement le tour de la maison.

Les rideaux de chintz jaunes de la cuisine n'étaient pas tirés et elle aperçut tante Judith en train de fermer le lave-vaisselle. Robert était-il venu dîner ?

Tante Judith se dirigea vers l'entrée. Elena se déplaça avec elle, contournant de nouveau la maison. Il y avait un léger interstice entre les rideaux du salon. Elle approcha avec précaution son visage de la vieille vitre branlante. La porte d'entrée s'ouvrit et se referma, puis il y eut un bruit de verrous. Tante Judith vint ensuite s'asseoir dans le canapé du salon. Elle alluma la télé et commença à zapper paresseusement.

Depuis combien de temps Elena n'avait-elle pas regardé – vraiment regardé – cette pièce désormais interdite ? La vieille étagère en acajou, pleine de porcelaines de Chine et d'objets en verre, la lampe de chez Tiffany sur la table près de tante Judith, les coussins brodés sur le canapé, tout lui paraissait si précieux maintenant. Elle aurait tant voulu entrer, juste un instant, un tout petit instant.

La tête de tante Judith était penchée en arrière, ses yeux clos. Elena posa son front contre la vitre, puis se détourna lentement.

Elle grimpa au cognassier donnant sur la fenêtre de sa chambre, et fut déçue de constater que les rideaux en étaient fermés. L'érable menant à la chambre de Margaret était plus fragile et plus difficile à escalader, mais une fois là-haut elle fut récompensée : ses rideaux étaient ouverts. Sa sœur était endormie, la couette remontée jusqu'au menton, la bouche ouverte, ses cheveux blonds étalés en éventail sur l'oreiller.

Salut, p'tite sœur, murmura Elena en ravalant ses larmes. C'était une scène tellement touchante : la fillette dans le lit, les peluches sur les étagères qui semblaient veiller sur elle, et le petit chaton blanc qui se faufilait par la porte entrouverte.

Flocon sauta sur le lit de Margaret. Il bâilla, montrant une pointe de langue rose, et s'étira, sortant ses minuscules griffes. Puis il se déplaça délicatement pour s'installer sur la poitrine de Margaret.

Un picotement désagréable parcourut la nuque d'Elena.

Elle ne savait pas s'il s'agissait de son nouvel instinct de prédateur ou d'une pure intuition, mais elle avait peur. Il y avait un danger dans cette pièce. Margaret était en danger.

Le chaton était toujours à la même place, la queue fouettant l'air. Et, tout à coup, Elena comprit. Les chiens. Flocon ressemblait à Chelsea face à Doug Carson avant qu'elle ne bondisse sur lui.

On avait mis les chiens en quarantaine, mais personne n'avait pensé aux chats !

Le cerveau d'Elena fonctionnait à plein régime, mais ça ne l'aidait pas. Il lui envoyait seulement des images de ce que pouvait faire un chat à coups de griffes et de dents acérées. Et Margaret qui dormait paisiblement, inconsciente du danger.

Les poils de Flocon se hérissèrent, sa queue se gonfla comme un goupillon. Ses oreilles s'aplatirent, et il ouvrit la bouche pour cracher silencieusement. Ses yeux étaient rivés au visage de Margaret.

— Non !

Elena chercha désespérément autour d'elle quelque chose à lancer contre la fenêtre pour faire du bruit. Elle ne pouvait pas s'approcher davantage : l'extrémité des branches de l'érable ne supporterait pas son poids.

— Margaret, réveille-toi !

Mais la neige, de plus en plus épaisse, semblait étouffer tous les sons. Un grondement discordant prit naissance dans la gorge de Flocon ; il tourna vivement les yeux vers la fenêtre avant de les ramener sur le visage de Margaret.

— Margaret, réveille-toi ! cria de nouveau Elena.

Puis, au moment où le chaton levait une patte, prêt à griffer, elle se jeta contre la fenêtre.

Elle ne sut jamais, par la suite, comment elle s'était débrouillée pour ne pas tomber. Il n'y avait pas de place pour s'agenouiller sur le rebord, mais ses ongles se plantèrent dans le vieux bois ramolli du chambranle, tandis que la pointe d'une de ses chaussures trouvait un appui plus bas. Elle cogna à la vitre de toutes ses forces.

— Éloigne-toi de lui ! hurla-t-elle. Réveille-toi, Margaret !

Margaret ouvrit les yeux et se redressa en repoussant Flocon. Les griffes du chaton se plantèrent dans la couette alors qu'il se démenait pour retrouver son équilibre.

— Margaret, sors du lit ! hurla Elena. Ouvre la fenêtre, vite !

La fillette de quatre ans avait l'air surprise et encore à moitié endormie, mais pas le moins du monde effrayée. Elle se leva et trottina jusqu'à la fenêtre.

— Voilà. C'est bien... Maintenant, dis : « Entre. » Vite, dis-le !

— Entre, répéta Margaret, obéissante.

Le chaton bondit dehors alors qu'Elena entrait. Elle essaya de l'attraper au vol, mais il était trop rapide. Une fois dehors, il se faufila avec agilité entre les branches de l'érable et sauta dans la neige, puis disparut.

Une petite main tirait le pull d'Elena.

— Tu es revenue ! s'écria-t-elle en s'agrippant à ses hanches. Tu m'as manqué.

— Oh ! Margaret, tu m'as manqué aussi, tu sais...

Elena se figea. La voix de tante Judith venait de résonner en haut de l'escalier.

— Margaret ? Tu es réveillée ? Qu'est-ce qui se passe ici ?

Elena n'eut qu'une fraction de seconde pour prendre une décision.

— Ne lui dis pas que je suis ici, murmura-t-elle en s'agenouillant. C'est un secret, tu comprends ? Dis que tu as fait sortir le chat, mais ne lui dis pas que je suis ici.

Elle n'avait pas le temps d'en dire plus ; Elena se glissa sous le lit et pria.

De sa cachette, elle vit les pieds de tante Judith qui venait de pénétrer dans la chambre. Elle colla son visage au plancher, retenant son souffle.

— Margaret ! Qu'est-ce que tu fais debout ? Allez, retourne tout de suite te coucher.

Le lit craqua sous le poids de Margaret, puis Elena entendit le bruissement de la couette que tante Judith arrangeait.

— Tes mains sont glacées. Pourquoi cette fenêtre est-elle ouverte ?

— Je l'ai ouverte, et Flocon est sorti, répondit Margaret.

Elena poussa un discret soupir de soulagement.

— Oh ! Et, maintenant, il y a de la neige sur le parquet, continuait tante Judith. C'est quand même incroyable... Ne t'amuse plus à l'ouvrir, tu m'entends ?

Encore quelques tapotements sur la couette et les pieds firent demi-tour. La porte se referma.

Elena s'extirpa de sa cachette.

— C'est bien, petite sœur, souffla-t-elle alors que Margaret s'asseyait. Je suis fière de toi. Demain, il faudra dire à tante Judith que tu ne veux plus du chaton. Dis-lui qu'il te fait peur. Je sais que tu ne veux pas...

Elle leva une main pour arrêter le gémissement de protestation qui affleurait aux lèvres de Margaret.

— ... mais il le faut. Ce chaton risque de te faire du mal si tu le gardes. Tu ne veux pas avoir mal, n'est-ce pas ?

— Non, dit Margaret, ses yeux bleus s'emplissant de larmes. Mais...

— Et tu ne veux pas non plus que le chaton fasse du mal à tante Judith ? Tu diras à tante Judith que tu ne veux ni chat, ni chien, ni même un oiseau jusqu'à ce que – eh bien, pendant un moment. Ne lui dis pas que ça vient de moi ; ça doit rester notre secret. Dis-lui que tu as peur à cause de ce qui s'est passé avec les chiens à l'église.

Mieux valait donner des cauchemars à la fillette que laisser un cauchemar en liberté dans sa chambre, pensa sombrement Elena.

La petite bouche de Margaret s'affaissa tristement.

— D'accord.

— Je suis désolée, petit chou, dit Elena en s'asseyant et en la prenant dans ses bras, mais c'est ainsi.

— Tu es froide, murmura Margaret, puis elle leva les yeux vers son visage. Tu es un ange ?

— Euh... pas exactement.

Juste le contraire, pensa-t-elle ironiquement.

— Tante Judith a dit que tu avais rejoint papa et maman. Tu les as vus ?

— C'est... difficile à expliquer, Margaret. Je ne les ai pas encore vus, non. Et je ne suis pas un ange, mais je vais être ton ange gardien, d'accord ? Je veille sur toi, même quand tu ne me vois pas. D'accord ?

— D'accord. Ça veut dire que tu ne peux plus vivre ici ?

Elena regarda la chambre blanc et rose, les peluches sur les étagères, le petit bureau et, dans un coin, le cheval à bascule qui avait été le sien avant de revenir à Margaret.

— C'est ça, dit-elle doucement.

— Quand ils ont dit que tu étais avec papa et maman, j'ai voulu y aller moi aussi.

Elena refoula ses larmes.

— Oh ! petite sœur, tu ne peux pas partir. Tu as encore beaucoup de choses à faire ici. Et puis tante Judith t'aime très fort. Elle serait trop seule sans toi.

Margaret hocha la tête, ses paupières papillotaient, lourdes de sommeil. Mais alors qu'Elena la recouchait et la bordait, elle posa une dernière question.

— Et toi, tu ne m'aimes pas ?

— Oh ! bien sûr que si ! Je t'aime beaucoup. Mais tante Judith a plus besoin de toi que moi. Et...

Elena détourna le regard un instant, luttant pour maîtriser son émotion. Quand ses yeux se posèrent de nouveau sur Margaret, la fillette dormait. Paisiblement.

Quelle idiote ! se reprocha Elena, une fois dehors. Elle avait oublié de demander à Margaret si Robert avait dîné à la maison.

Robert... Décidément, il se trouvait toujours dans les parages quand les animaux attaquaient... Il lui faudrait s'en expliquer, songea Elena.

Puis la mélancolie la gagna et ses pensées s'égarèrent de nouveau vers la maison illuminée qu'elle venait de quitter, vers ce qu'elle ne reverrait plus jamais. Ses vêtements, ses bibelots et ses bijoux – qu'est-ce que tante Judith allait faire de tout cela ?

Elena ?

Avec soulagement, elle reconnut la voix mentale de Stefan. Puis sa silhouette apparut au bout de la rue. Elle s'empressa de le rejoindre, mains tendues. Il les saisit aussitôt pour les réchauffer dans les siennes.

— Meredith m'a dit où tu étais.

— Je suis allée chez moi.

C'était tout ce qu'elle pouvait dire mais, tandis qu'elle se blottissait contre lui, elle sut qu'il comprenait.

— Trouvons un endroit où nous serons au chaud, proposa-t-il, tout en réalisant, avec un pénible sentiment de frustration, que les endroits où ils avaient l'habitude d'aller leur étaient désormais interdits.

Ils se rabattirent finalement sur le lycée.

Assis à l'abri de l'avancée du toit, ils regardaient la neige tomber doucement. Elena lui raconta ce qui s'était passé dans la chambre de Margaret.

— Meredith et Bonnie devront prévenir les habitants à propos des chats. Et quelqu'un devrait surveiller Robert, conclut-elle.

— On le filera, dit Stefan.

Elle ne put s'empêcher de sourire.

— Ça m'amuse de voir à quel point tu es devenu américain, déclara-t-elle. Quand tu es arrivé ici, tu étais très différent de nous. Maintenant, on croirait que tu as vécu ici toute ta vie.

— Nous nous adaptons vite. Nous n'avons pas le choix. Il y a toujours de nouveaux pays, de nouvelles décennies, de nouvelles situations. Tu t'adapteras, toi aussi.

— Tu crois ? dit pensivement Elena, les yeux fixés sur les scintillants cristaux de neige. Je ne sais pas...

— Tu apprendras, avec le temps. S'il y a quelque chose de... positif... dans notre condition, c'est le temps. Nous en avons à revendre. Pour l'éternité.

— « De joyeux compagnons pour l'éternité. » C'est bien ce que disait Katherine ? murmura Elena.

Elle sentit Stefan se crisper, s'éloigner d'elle imperceptiblement.

— Elle parlait de nous trois. Pas moi.

— Oh ! Stefan, s'il te plaît ne te fâche pas, pas maintenant. Je ne pensais même pas à Damon, seulement à l'éternité. Ça me fait peur. Tout me fait peur, et parfois j'aimerais m'endormir et ne plus jamais me réveiller...

Elle ne se sentait en sécurité qu'entourée de ses bras. Ses sens ayant gagné en acuité, elle entendait désormais chacune des pulsations de son cœur, et le flux de son sang dans ses veines. Elle percevait aussi son odeur si particulière, mêlée à celles de son blouson, de la neige, et de la laine de ses vêtements.

— Je t'en prie, fais-moi confiance, souffla-t-elle. Je sais que tu en veux à Damon, mais essaye de lui donner une chance. Il est sûrement moins monstrueux qu'il ne veut le paraître. Et j'ai besoin de son aide pour trouver l'Autre Pouvoir, c'est *tout* ce que je veux de lui.

C'était absolument vrai. Ce soir-là, Elena aurait voulu ne rien savoir de la vie de prédateur ; les ténèbres n'avaient aucun attrait pour elle. Elle aurait préféré être chez elle, devant un bon feu de cheminée.

Pourtant, elle se sentait bien dans les bras de Stefan, même sous la neige. Son souffle était chaud quand il l'embrassa dans le cou. Mais son attitude envers elle avait changé. L'avidité liée au besoin de se nourrir qu'elle percevait autrefois avait disparu – sans doute parce qu'elle aussi était un prédateur. Leur relation était différente désormais. Elle *comprenait* Stefan comme jamais auparavant. Et cette compréhension les rapprochait au point que leurs esprits semblaient fusionner dans une communion profonde qui se passait de mots.

— Je t'aime, murmura Stefan contre son cou.

En réponse, elle se serra un peu plus contre lui.

Maintenant elle savait pourquoi il avait eu si longtemps peur de le lui dire. Quand la seule idée du lendemain nous terrorise, on a du mal à se lier. Parce qu'on ne veut pas entraîner l'autre avec soi vers le fond.

Surtout quand on l'aime.

— Je t'aime aussi.

Elle s'écarta pour le regarder.

— Tu me promets de donner sa chance à Damon ? D'essayer de collaborer avec lui ?

— Je collaborerai avec lui, mais je ne lui fais pas confiance. Je ne peux pas. Je le connais trop bien.

— Parfois, je me demande s'il existe une seule personne qui le connaisse vraiment... On pourrait le charger de suivre Robert demain.

— J'ai surveillé Mme Flowers aujourd'hui. Tout l'après-midi et une bonne partie de la soirée. Et tu sais ce qu'elle a fait ?

— Quoi ?

— Trois lessives – dans une antique machine qui semblait sur le point d'exploser à tout instant. Ça, c'était dans son sous-sol. Ensuite elle est sortie remplir deux douzaines de mangeoires pour oiseaux. Puis retour au sous-sol pour nettoyer des bocaux. Elle passe presque tout son temps dans sa cave à parler toute seule.

— Comme la vieille toquée qu'elle est. Meredith a peut-être tort de la soupçonner, après tout.

Elle remarqua son changement d'expression à l'évocation du nom de Meredith.

— Quoi ?

— Meredith nous cache quelque chose. J'ai préféré ne pas l'interroger ; j'ai pensé qu'il valait mieux que ce soit toi. Elle est allée parler à Alaric aujourd'hui après les cours. Et elle ne voulait pas que ça se sache.

— Et alors ? demanda Elena, craignant déjà le pire.

— Alors elle nous a menti ensuite – ou du moins elle a éludé le sujet. J'ai essayé de sonder son esprit, mais mon Pouvoir est quasiment réduit à néant. Et elle a une très forte volonté.

— Tu n'avais aucun droit de faire cela ! Stefan, écoute-moi. Meredith serait incapable de nous faire du mal ou de nous trahir. Quoi qu'elle nous cache...

— Tu admets donc qu'elle peut nous mentir.

— Oui, reconnut-elle à contrecœur. Mais pas pour nous faire du mal, j'en suis sûre. Meredith est mon amie depuis l'école primaire...

Sans même s'en rendre compte, Elena laissa sa phrase inachevée. Elle pensait à une autre amie, proche d'elle depuis la maternelle. Caroline. Pourtant, pas plus tard que la semaine précédente, elle avait essayé de l'humilier devant tout le monde, et elle s'était acharnée sur Stefan.

Et qu'avait-elle lu dans le journal de Caroline à propos de Meredith ? *Meredith ne* fait *rien ; elle se contente d'observer. C'est comme si elle était incapable d'agir. Tout juste de* réagir. *J'ai entendu mes parents parler de sa famille... Pas étonnant qu'elle n'en parle jamais.*

Elena leva les yeux vers Stefan.

— Peu importe, dit-elle tranquillement. Je connais Meredith et je lui fais confiance. Je lui ferai confiance jusqu'au bout.

— J'espère qu'elle le mérite, Elena. Je l'espère vraiment.

10

12 décembre, jeudi matin

Cher Journal,

Au bout d'une semaine d'enquête, à quoi avons-nous abouti ?

En combinant nos efforts, nous nous sommes débrouillés pour suivre nos trois principaux suspects de façon continue. Résultats : Robert a des activités d'homme d'affaires ; Alaric a des activités de prof d'histoire ; Mme Flowers passe le plus clair de son temps dans le sous-sol de sa maison. Bref, on n'est pas plus avancés.

Stefan a vu Alaric s'entretenir à deux reprises avec le proviseur, mais il n'a pas pu se rapprocher suffisamment pour entendre leur conversation.

Meredith et Bonnie ont prévenu les habitants du danger que pouvaient représenter les animaux de compagnie. Elles n'ont pas eu de mal à faire passer le message ; tout le monde dans cette ville frôle déjà l'hystérie. Plusieurs cas d'agression par des animaux ont été signalés depuis, mais il est difficile de déterminer lesquels prendre au sérieux. Des gosses ont été mordus par un écureuil, qu'ils taquinaient. Le lapin des Massase a griffé leur petit garçon. La vieille Mme Coomber a vu des serpents dans son jardin, alors qu'ils sont censés hiberner à cette époque de l'année.

Le seul cas dont je sois sûre est celui du véto qui gardait les chiens en quarantaine. Certains l'ont mordu et la plupart se sont enfuis des enclos. On ne les a plus revus depuis. Les gens disent : « Bon débarras et pourvu qu'ils crèvent de faim dans la forêt. » Mais, moi, ça m'étonnerait.

Et cette neige qui ne s'arrête pas. Je n'en ai jamais vu autant.

Stefan s'inquiète à propos du bal de demain soir.

Ce qui nous ramène à la case départ : qu'avons-nous appris jusqu'ici ? Que savons-nous ? Aucun de nos suspects ne se trouvait près de la maison des Massase, de Mme Coomber ou du centre vétérinaire au moment des attaques. On n'est pas plus avancés qu'au début de nos recherches.

La petite réunion chez Alaric a lieu ce soir. Meredith pense qu'on devrait y aller. De toute façon, je ne vois pas ce qu'on pourrait faire d'autre.

Damon étendit ses longues jambes et parcourut la grange d'un regard nonchalant.

— Non, je ne pense pas que ce soit particulièrement dangereux. Mais je ne vois pas à quoi ça nous avancera.

— Moi non plus, admit Elena. Mais je n'ai pas de meilleures idées. Et toi ?

— Tu veux dire pour tuer le temps ? J'en ai des tas. Tu veux que je t'en parle ?

D'un geste exaspéré, Elena lui intima le silence. Il s'arrêta dans son élan.

— Qu'est-ce qu'on pourrait faire d'utile à ce stade ? Robert n'est pas en ville, Mme Flowers est...

— Au sous-sol, termina un chœur de voix.

— Et on est assis ici. Est-ce que *quelqu'un* a une meilleure idée ?

Meredith prit la parole.

— Si tu as peur qu'il y ait du danger, pourquoi vous ne venez pas *tous* ? Vous n'êtes pas forcés de vous montrer. Vous pouvez vous cacher dans le grenier. Comme ça, si quelque chose se passe, on pourra crier et vous nous entendrez.

— Je ne vois pas pourquoi on aurait à crier, intervint Bonnie. Il ne va rien se passer.

— Peut-être pas, mais un peu de prudence n'a jamais fait de mal à personne, rétorqua Meredith. Alors, qu'est-ce que vous en dites ?

Elena hocha lentement la tête.

— Ça me paraît une bonne idée.

Elle regarda ses compagnons dans l'attente d'une objection, mais Stefan haussa simplement les épaules, et Damon murmura quelque chose qui fit rire Bonnie.

— Bon, eh bien, c'est d'accord. Allons-y.

L'inévitable neige les accueillit quand ils sortirent de la grange.

— Bonnie et moi pouvons prendre ma voiture, dit Meredith. Et vous trois...

— Oh ! on trouvera notre chemin, lui assura Damon avec son plus séduisant sourire.

Meredith hocha la tête, nullement impressionnée. Bizarre, pensa Elena alors que les deux filles s'éloignaient ; Meredith n'était *jamais* impressionnée par Damon. Visiblement, son charme n'opérait pas sur elle.

Elena allait signaler qu'elle avait faim quand Stefan se tourna vers Damon.

— Tu es d'accord pour rester avec Elena pendant tout le temps que vous serez là-bas ? Je dis bien *tout le temps* ?

— Essaye de m'en empêcher, ironisa Damon.

Puis il redevint sérieux.

— Pourquoi ?

— Parce que j'ai quelque chose à faire. Ça ne sera pas long. Je vous rejoindrai ensuite.

– Qu'est-ce qu'il y a ? lui demanda Elena alors qu'il l'entraînait à l'écart.

— J'ai reçu un message de Caroline aujourd'hui. Elle me demande de la retrouver au lycée avant d'aller chez Alaric. Elle veut s'excuser.

Elena retint la remarque acerbe qui lui montait aux lèvres. D'après ce qu'elle savait, Caroline n'était pas belle à voir ces derniers temps. Et leur explication ferait sans doute du bien à Stefan.

— En tout cas, *tu* n'as aucune raison de t'excuser. Tout ce qui lui est arrivé est entièrement sa faute. Tu ne penses pas qu'elle puisse être dangereuse ?

— Non. De toute façon, j'ai encore assez de Pouvoir pour me défendre. Mais ne t'inquiète pas, il n'y aura aucun problème.

— Sois prudent, lui cria quand même Elena tandis qu'il s'éloignait dans la neige.

Le grenier était tel que dans son souvenir : sombre, poussiéreux et plein de formes mystérieuses recouvertes de toiles cirées. Damon, qui était entré plus conventionnellement par la porte, avait dû lui ouvrir les volets pour qu'elle passe par la fenêtre. Ensuite, ils s'étaient assis côte à côte sur le vieux matelas. Et, maintenant, ils écoutaient les voix qui montaient par les conduits.

— Il y a plus romantique comme ambiance, murmura Damon en ôtant d'un air dégoûté une toile d'araignée de sa manche. Tu es sûre que tu ne préférerais pas...

— Si, le coupa Elena. Maintenant, silence.

C'était comme un jeu. Saisir les bribes de conversations et essayer de les réunir, tout en tentant d'attribuer un visage à chaque voix.

— Alors j'ai dit : « Je me fiche de savoir depuis combien de temps tu as cette perruche ; débarrasse-toi d'elle ou j'irai au bal avec Mike Feldman. » Et il a dit...

— ... il paraît que la tombe de M. Tanner a été ouverte la nuit dernière...

— ... tu sais que tout le monde sauf Caroline a renoncé à briguer le titre de Reine de l'hiver ? Tu ne crois pas que...

— ... morte, mais je te dis que je l'ai *vue*. Et non, je ne rêvais pas ; elle portait une sorte de robe argentée et ses cheveux étaient tout dorés et scintillants...

Elena tourna vers Damon un regard surpris, et baissa les yeux sur sa tenue, indubitablement noire. Il sourit.

— Romantisme, commenta-t-il. Moi, tu me plais en noir.

— Évidemment ! murmura-t-elle.

C'était étrange comme elle se sentait beaucoup plus à l'aise avec Damon ces jours-ci. Elle était tranquillement assise, laissant les conversations dériver autour d'elle, perdant presque la notion du temps. Puis elle entendit une voix familière, plus proche que les autres.

— D'accord, d'accord, j'y *vais*.

Elena et Damon échangèrent un regard et se levèrent au moment où la poignée de la porte tournait. Bonnie glissa la tête dans l'entrebâillement.

— Meredith m'a dit de monter. Je ne sais pas pourquoi. Elle monopolise Alaric, et la soirée est nulle.

Elle s'assit sur le matelas. Au bout de quelques instants, Elena prit place à côté d'elle. Elle commençait à regretter que Stefan ne soit pas là, quand la porte s'ouvrit de nouveau, livrant le passage à Meredith.

— Meredith, qu'est-ce qui se passe ?

— Rien, ou du moins rien de grave. Où est Stefan ?

Les joues de Meredith étaient inhabituellement rouges. Et elle avait un regard bizarre, comme si elle essayait de garder le contrôle de quelque chose.

— Il viendra plus tard... commença Elena, mais Damon l'interrompit.

— Peu importe où il est. Qui est en train de monter ?

— Comment ça, « qui » est en train de monter ? s'affola Bonnie en se levant.

— Gardez votre *calme*, dit Meredith en se postant devant la fenêtre, tel un garde.

Elle-même ne brillait pas par son calme.

— C'est bon, cria-t-elle, et la porte s'ouvrit.

Alaric Saltzman entra.

Damon réagit si rapidement que même Elena fut surprise. D'un seul mouvement il lui attrapa le poignet et la tira derrière lui, tout en se positionnant face à Alaric, muscles bandés, dans une posture d'attaque.

— Arrête ! s'écria Bonnie.

Elle se jeta contre Alaric, qui avait déjà commencé à reculer. Il faillit perdre l'équilibre et se rattrapa d'une main à la porte. Son autre main glissa vers sa ceinture.

Elena vit le renflement sous sa veste. C'était une arme.

Tout se passa ensuite très vite. Damon lui lâcha le poignet et s'empara de celui d'Alaric. La seconde d'après, Alaric se retrouva assis par terre, l'air abasourdi, tandis que Damon vidait le chargeur de son revolver, balle après balle.

— Je vous avais bien dit que c'était stupide et que vous n'en auriez pas besoin, lui lança Meredith.

Elena réalisa alors qu'elle maintenait les bras de Meredith. Elle avait sans doute voulu l'empêcher d'intervenir, mais elle l'avait fait dans le feu de l'action, sans même s'en rendre compte.

— Ces pointes en bois sont une vraie saloperie, dit Damon avec dégoût. Elles peuvent faire de sacrés dégâts.

Il remit en place l'une des cartouches, referma le chargeur, et visa Alaric avec une inquiétante concentration.

— Arrête ! intervint vivement Meredith.

Elle se tourna vers Elena.

— Dis-lui d'arrêter, Elena ; il ne fait qu'aggraver la situation. Alaric ne vous fera pas de mal ; je le promets. J'ai passé la semaine à le convaincre que *vous* ne *lui* feriez pas de mal.

— Et maintenant je crois bien que j'ai le poignet cassé, signala Alaric, d'un ton plutôt calme.

— La faute à qui ? lui rétorqua durement Meredith.

Bonnie, qui tenait Alaric par les épaules avec sollicitude, leva brusquement la tête, stupéfaite du ton familier de Meredith. Elle recula de quelques pas, et s'assit.

— J'aimerais bien qu'on m'explique ce qui se passe, marmonna-t-elle.

— Je t'en prie, fais-moi confiance, dit Meredith à Elena sans se soucier de Bonnie.

Elena regarda son amie dans les yeux. Elle lui faisait confiance ; elle l'avait affirmé. Et la confiance accordée ne se retirait pas. Elle hocha la tête en signe d'acquiescement.

— Damon ?

Il se débarrassa du revolver avec désinvolture, puis promena le regard à la ronde, sourire aux lèvres, pour bien montrer qu'il n'avait absolument pas besoin d'une arme artificielle.

— Si vous acceptez de m'écouter, vous comprendrez, déclara Meredith.

— Sans blague, ironisa Bonnie.

Elena se dirigea vers Alaric Saltzman. Elle n'avait pas peur de lui, mais, manifestement, lui avait peur d'elle.

Elle s'arrêta à quelques centimètres de lui et s'accroupit pour le regarder dans les yeux.

— Bonsoir.

Il soutenait toujours son poignet blessé.

— Bonsoir, répondit-il en déglutissant péniblement.

Elena tourna la tête vers Meredith, puis regarda de nouveau Alaric.

— On ne vous fera pas de mal, le rassura-t-elle.

— C'est ce que je lui ai dit, intervint Meredith. Je lui ai expliqué que vous étiez différents de tout ce qu'il avait vu, ou entendu dire sur les... créatures de votre genre. Je lui ai rapporté ce que tu m'avais dit sur Stefan, comment il avait lutté contre sa propre nature pendant toutes ces années. Je lui ai aussi raconté par quoi tu étais passée, Elena, contre ta volonté.

Mais *pourquoi* lui en avoir dit autant ? pensa Elena.

— Bon, vous en savez long sur nous, dit-elle à Alaric. Mais tout ce qu'on sait de vous, c'est que vous êtes prof d'histoire.

— C'est un chasseur, affirma Damon d'une voix dangereusement douce. Un chasseur de vampire.

— *Non*, se défendit Alaric. Ou, du moins, pas au sens où vous l'entendez.

Il sembla prendre une décision.

— Très bien. D'après ce que je sais sur vous trois...

Il s'interrompit, regardant autour de lui comme s'il se rendait soudain compte de quelque chose.

— Où est Stefan ?

— Il ne va pas tarder, répondit Elena. En fait, il devrait déjà être ici. Il est passé prendre Caroline au lycée.

La réaction d'Alaric fut surprenante.

— Caroline Forbes ? s'écria-t-il, inquiet.

— Oui. Elle lui a envoyé un message disant qu'elle voulait s'excuser. Elle lui demandait de la retrouver au lycée avant la soirée.

— Il ne doit pas y aller. Vous devez l'arrêter.

Alaric se leva avec difficulté.

— Vous devez l'arrêter, répéta-t-il d'une voix pressante.

— Il y est déjà, répliqua Elena. Pour quelle raison ne devrait-il pas y aller ?

— Parce que j'ai hypnotisé Caroline il y a deux jours. J'avais essayé auparavant avec Tyler, sans succès. Mais Caroline est un bon sujet, et elle s'est remémoré une partie de ce qui s'était passé dans la baraque de chantier. Elle a identifié Stefan Salvatore comme étant l'agresseur.

Le silence stupéfait ne dura qu'une fraction de seconde.

— Mais que peut faire Caroline ? demanda Bonnie. Elle n'est pas de taille à...

— Vous ne comprenez donc pas ? s'impatienta Alaric. Vous n'avez plus seulement affaire à des lycéens désormais. C'est allé trop loin. Le père de Caroline est au courant, et le père de Tyler aussi. Ils se préoccupent de la sécurité des habitants de la ville...

— Chut ! Silence !

Tous les sens en alerte, Elena sondait les alentours, essayant de localiser Stefan. Il s'affaiblit, pensa-t-elle, s'efforçant de garder la tête froide malgré la panique qui menaçait. Enfin elle perçut quelque chose. À peine une trace. Mais c'était bien Stefan. Et il allait très mal.

— Il y a un problème, confirma Damon, qui avait lui aussi repéré Stefan. Allons-y.

— Attendez, il faut d'abord en parler, dit Alaric. La situation mérite réflexion...

Mais il aurait aussi bien pu s'adresser au vent. Damon était déjà à la fenêtre. L'instant d'après Elena s'élançait à son tour, atterrissant souplement dans la neige aux côtés de Damon. La voix d'Alaric les poursuivit.

— Nous venons aussi. *Attendez-nous* là-bas. Laissez-moi d'abord leur parler. Je peux régler ça...

Elena l'écoutait à peine. Elle n'avait qu'une pensée en tête : faire du mal à ceux qui voulaient s'attaquer à Stefan. C'est allé trop loin ? pensa-t-elle. Eh bien, maintenant *je* vais aller aussi loin qu'il le faudra. S'ils osent le toucher... Des images de ce qu'elle leur infligerait se succédèrent à une allure folle dans son esprit.

À côté d'elle, elle sentait l'esprit de Damon vibrer de fureur. Elle se réjouissait de le sentir si proche, si en accord avec elle, lorsqu'une pensée lui vint soudain.

— Je te ralentis, dit-elle.

Elle était à peine essoufflée malgré leur extraordinaire vitesse. Mais aucune paire de jambes ne pouvait égaler les performances des ailes d'un oiseau.

— Vas-y seul. Je te rejoindrai.

Elle continua sa course sans un regard pour Damon qui opérait sa transformation. Lorsqu'elle leva les yeux, un corbeau battait des ailes à peu de distance. *Bonne chasse*, lança l'oiseau avant de piquer en direction du lycée.

Bonne chasse, lui souhaita Elena en retour.

Elle redoubla de vitesse. Stefan avait besoin d'elle.

Stefan gisait sur le dos, incapable de réagir. Tout était flou autour de lui. Sans doute à cause de la neige et de la douleur, mais aussi du filet de sang qui coulait de sa plaie au crâne.

Quelle stupidité de ne pas avoir inspecté les abords du lycée ! Il aurait vu les voitures garées de l'autre côté. Mais surtout quelle stupidité d'avoir accepté ce rendez-vous ! Il avait commis deux erreurs, et il allait payer.

Si seulement il pouvait appeler à l'aide... mais la faiblesse qui avait permis à ces hommes de le terrasser si facilement l'en empêchait. Il s'était à peine nourri depuis qu'il avait attaqué Tyler. Quelle ironie ! Voilà qu'il était victime de sa propre culpabilité.

Je n'aurais jamais dû essayer de lutter contre ma nature, songeat-il. Damon avait raison finalement. Ils sont tous pareils – Alaric, Caroline, tous. J'aurais dû les chasser et me délecter de leur sang.

Il espérait que Damon prendrait soin d'Elena. Elle serait en sécurité avec lui. Damon était fort et impitoyable. Il lui apprendrait à survivre. Cette idée le réconforta.

Mais au fond de lui quelque chose venait de se briser.

Le corbeau repéra les faisceaux croisés des phares. Il piqua vers eux. Mais il se guidait surtout à l'infime pulsation vitale émanant de Stefan. Son frère était très affaibli, mais il n'abdiquerait pas.

Tu n'apprendras donc jamais, petit frère ? lui dit-il mentalement. *Je devrais t'abandonner à ton sort.*

À l'instant où il toucha le sol, l'oiseau changea d'apparence, prenant la forme d'un animal autrement plus menaçant.

Le loup noir bondit sur le groupe d'hommes, visant celui qui brandissait un pieu en bois au-dessus de la poitrine de Stefan. La violence de l'impact envoya l'homme rouler au sol tandis que le pieu allait s'écraser dans l'herbe. Damon se retint de planter ses crocs dans sa gorge. Il pivota et s'élança en direction des autres membres du groupe.

Sa deuxième attaque les dispersa, mais l'un d'eux épaula un fusil. L'arme était probablement chargée avec des cartouches spéciales semblables à celles qui se trouvaient dans le revolver d'Alaric. Impossible d'atteindre l'adversaire avant qu'il ne tire. Le loup grogna, se préparant quand même à bondir. L'homme au visage joufflu grimaça un sourire.

Avec la fulgurance d'un serpent qui attaque, une main blanche surgit alors de l'obscurité et envoya valdinguer le fusil. L'homme regarda autour de lui avec stupéfaction. Le loup jubilait. Elena venait d'arriver.

11

ELENA REGARDA LE FUSIL de M. Smallwood rebondir dans l'herbe. Elle ne put s'empêcher de sourire devant son expression effarée tandis qu'il cherchait de tous côtés qui avait bien pu lui faire ça. Et, malgré la distance, elle sentit l'intense fierté de Damon, pareille à celle d'un loup devant la première proie chassée par son louveteau. Mais, quand elle aperçut Stefan allongé dans la neige, elle oublia tout le reste et s'élança vers lui.

— Que personne ne bouge !

L'injonction leur parvint en même temps qu'un crissement de pneus. La voiture d'Alaric Saltzman faillit valser dans le décor tandis qu'il bifurquait sur les chapeaux de roues pour pénétrer dans le parking. Alaric en jaillit sans attendre l'arrêt complet.

— Qu'est-ce qui se passe ici ? demanda-t-il en s'avançant vers le groupe d'hommes.

En entendant son cri, Elena avait instinctivement reculé dans l'obscurité. Elle observa les visages qui se tournaient vers lui. À part M. Smallwood, elle reconnut M. Forbes et M. Bennett, le père de Vickie Bennett. Les autres devaient être les pères des copains de Tyler.

L'un de ces derniers répondit à la question d'Alaric, d'une voix traînante, mais non dépourvue d'agressivité.

— On en avait marre d'attendre sans rien faire. On a décidé de prendre les choses en main.

Le loup gronda, un long grondement pareil au vrombissement d'une tronçonneuse. Les hommes reculèrent. Alaric ouvrit de grands yeux à la vue de l'animal.

Près de l'une des voitures, tassée sur elle-même, Caroline Forbes sanglotait doucement.

— Ils m'ont dit qu'ils voulaient juste lui parler. Je ne savais pas qu'ils allaient faire ça.

Sans quitter le loup du regard, Alaric la désigna du doigt.

— Vous alliez la laisser assister à *ça* ? leur reprocha-t-il sévèrement. Avez-vous pensé au traumatisme que cela pouvait entraîner ?

— Et le traumatisme qu'elle subirait si sa gorge était déchiquetée ? répliqua M. Forbes. C'est à *ça* qu'on a pensé.

Ses compagnons approuvèrent bruyamment.

— Alors vous feriez mieux de vous préoccuper du vrai coupable, dit Alaric. Caroline, ajouta-t-il en se tournant vers la jeune fille, je veux que tu réfléchisses. Nous n'avons pas pu terminer nos séances. Je sais que tu penses avoir reconnu Stefan. Mais es-tu absolument sûre de toi ? Ça ne pouvait pas être quelqu'un d'autre, quelqu'un qui lui ressemblerait ?

Caroline se redressa et leva un visage inondé de larmes. Elle regarda Stefan qui venait juste de s'asseoir, puis Alaric.

— Je...

— Réfléchis, Caroline. Tu dois être absolument certaine. Est-ce que ça aurait pu être quelqu'un d'autre, comme...

— Comme ce garçon qui s'appelle Damon Smith, intervint Meredith.

Elle se tenait près de la voiture d'Alaric, telle une ombre immobile.

— Tu te souviens de lui, Caroline ? Il est venu à la première soirée d'Alaric. Il ressemblait à Stefan par certains côtés.

Lentement, Caroline commença à hocher la tête.

— Oui... c'est possible, je suppose. Tout s'est passé si vite... mais c'est possible.

— Est-ce que tu peux affirmer catégoriquement avoir reconnu Stefan ? insista Alaric.

— Non... je n'en suis pas absolument sûre.

— Vous voyez, je vous l'avais dit, conclut Alaric en se dirigeant avec précaution vers Stefan.

Le loup s'était retiré dans l'ombre. Seule Elena pouvait le voir.

Le groupe d'hommes revint à la charge.

— De quoi vous parlez ? Qui est ce Smith ? Je ne l'ai jamais vu.

— Mais votre fille Vickie le connaît sans doute, monsieur Bennett, déclara Alaric. Cela apparaîtra peut-être au cours de ma prochaine séance avec elle. Nous en reparlerons demain ; ça peut attendre jusque-là. Pour l'instant, je crois que je ferais mieux de conduire Stefan à l'hôpital.

Sa proposition souleva un tollé général.

— C'est ça et, pendant qu'on attend, n'importe quoi peut se produire, s'énerva M. Smallwood. N'importe quand, n'importe où...

— Si je comprends bien, vous voulez faire justice vous-même ? rétorqua Alaric d'un ton plus tranchant. Que vous teniez le vrai coupable ou non. Quelles preuves avez-vous des pouvoirs soi-disant surnaturels de ce garçon ? S'est-il seulement défendu quand vous l'avez agressé ?

— Un loup l'a fait à sa place, rétorqua M. Smallwood, le visage rouge de fureur. Ils sont peut-être ensemble.

— Je n'ai vu aucun loup, mais un chien. Peut-être l'un de ceux qui se sont échappés. Mais quel rapport avec lui ? Mon avis d'expert est que vous ne tenez pas le coupable.

Les hommes hésitaient encore, mais le doute se lisait sur leurs visages.

— Il faut que vous sachiez qu'il y a eu des attaques de vampires dans cette région, déclara soudain Meredith. Bien avant l'arrivée de Stefan ici. Mon grand-père a été l'une des victimes. Certains d'entre vous en ont peut-être entendu parler, ajouta-t-elle en regardant Caroline.

Sa révélation fit l'effet d'une bombe. Les hommes échangèrent des regards inquiets puis, avec un bel ensemble, regagnèrent leurs voitures. Tous semblaient brusquement pressés de partir.

M. Smallwood s'attarda un instant et lança :

— Vous avez dit qu'on en reparlerait demain, Saltzman. Je veux être présent la prochaine fois que vous hypnotiserez mon fils. Je tiens à entendre ses révélations.

Le père de Caroline vint prendre sa fille par le bras et l'entraîna rapidement vers la voiture en marmonnant que tout ça était une erreur sans gravité.

Quand le dernier véhicule eut disparu, Elena se précipita vers Stefan.

— Ça va ? Est-ce qu'ils t'ont fait mal ?

Il s'écarta d'Alaric qui le soutenait.

— Quelqu'un m'a frappé par-derrière pendant que je parlais avec Caroline. Mais ça va maintenant.

Il lança un regard à Alaric.

— Merci. Mais pourquoi m'avoir aidé ?

— Il est de notre côté, déclara Bonnie en les rejoignant. Je te l'avais dit. Tu es sûr que ça va, Stefan ? J'ai bien cru que j'allais tomber dans les pommes. Dites, ils n'étaient pas sérieux. Ce n'est pas possible...

— Sérieux ou pas, on ferait mieux de partir d'ici, intervint Meredith. Stefan a vraiment besoin d'aller à l'hôpital ?

— Non, répondit ce dernier tandis qu'Elena examinait avec inquiétude sa blessure à la tête. J'ai seulement besoin d'un endroit où me reposer.

— J'ai mon trousseau de clés sur moi, dit Alaric. Allons dans la salle d'histoire.

Bonnie scruta l'obscurité autour d'eux avec appréhension.

— Le loup aussi ? risqua-t-elle.

Elle fit un bond en arrière en voyant une ombre tournoyer. Damon se matérialisa devant elle.

— Quel loup ? dit-il d'un air innocent.

Stefan se tourna légèrement, ce qui lui arracha une grimace de douleur.

— Merci à toi aussi, dit-il sans émotion apparente.

Mais son regard s'attarda sur son frère avec perplexité tandis que leur petit groupe se dirigeait vers le bâtiment principal.

Dans le couloir, Elena le prit à part.

— Stefan, *pourquoi* est-ce que tu ne les as pas sentis arriver ? Pourquoi étais-tu si affaibli ?

Stefan secoua la tête pour éluder la question.

— Tu ne t'es pas nourri depuis combien de temps ? insista-t-elle. Stefan, *depuis combien de temps* ? Où est-ce que tu veux en venir en agissant ainsi ?

— Je vais parfaitement bien, Elena, je t'assure. Je chasserai plus tard.

— Tu me le *promets* ?

— Je te le promets.

Sans se demander ce que ce « plus tard » signifiait au juste, Elena se laissa entraîner à sa suite vers la classe d'histoire.

De nuit, la pièce semblait différente. Une étrange atmosphère y régnait. Peut-être à cause des lumières trop vives. Les bureaux des élèves furent poussés d'un côté et cinq chaises réunies devant le bureau d'Alaric. Ce dernier s'empressa d'offrir à Stefan son propre siège rembourré.

— Bon, dit-il en prenant place sur une chaise d'élève.

— Bon, répéta Elena.

Elle prit du coton dans la trousse de premiers soins qu'elle avait récupérée avant d'entrer et se mit à tamponner la tête de Stefan.

— Je pense qu'il est temps que cette explication ait lieu, ajouta-t-elle.

— En effet. Bon, vous semblez tous avoir deviné que je ne suis pas prof d'histoire...

— Dès les premières minutes, déclara Stefan d'une voix sourde et menaçante.

Elena sursauta, il lui rappelait terriblement Damon.

— Alors, vous êtes quoi ? continua-t-il sur le même ton.

— Psychologue, répondit Alaric en s'excusant presque. Plus exactement chercheur en psychologie. De l'université de Duke. Vous savez, là où les premières expériences sur la perception extrasensorielle ont eu lieu.

— Celles où on vous demande de deviner ce qui se trouve sur une carte sans la regarder ? demanda Bonnie.

— Oui, enfin nos expériences vont un peu plus loin que cela, évidemment. Mais je serais très curieux de faire ce test avec vous. Surtout quand vous êtes en transe, ajouta-t-il avec intérêt.

Il s'éclaircit la gorge et poursuivit :

— Tout a commencé il y a deux ans, alors que j'écrivais un article sur la parapsychologie. Mon propos n'était pas de prouver l'existence de pouvoirs surnaturels, mais d'étudier leurs effets psychologiques sur les personnes qui en étaient dotées. Bonnie, ici présente, est un cas intéressant.

Il prit un ton professoral.

— Quel effet ces pouvoirs ont-ils sur son psychisme, sur ses émotions...

— Un effet abominable, l'interrompit Bonnie avec véhémence. Je ne veux plus de ces pouvoirs. Je les *hais*.

— Vous voyez, reprit Alaric, comme si la réaction de Bonnie renforçait sa conviction. Vous auriez fait un sujet d'étude remarquable. Mon problème, justement, était de ne pas avoir trouvé un sujet d'étude digne de ce nom. Il y avait des tas de charlatans, bien sûr – guérisseurs, radiesthésistes, et ainsi de suite. Mais je n'avais rencontré aucun cas authentique jusqu'au jour où un ami policier vint à mon aide. Une femme de Caroline du Sud prétendait avoir été mordue par un vampire, et souffrir de cauchemars visionnaires depuis lors. Mais j'avais eu affaire à tant de simulateurs que je n'espérais pas grand-chose de ce cas. Il s'avéra finalement qu'elle ne simulait pas, du moins pas en ce qui concernait les morsures. En revanche, je n'ai jamais pu vérifier qu'elle était médium.

— Comment pouviez-vous être sûr, pour les morsures ? demanda Elena.

— Ce fut médicalement attesté. Ses blessures contenaient des traces de salive d'une composition presque identique à la salive humaine. Elle contenait en outre un agent anticoagulant très puissant... Bref, j'ai été convaincu. Et c'est ainsi que tout a commencé. Je me suis mis en quête d'autres cas semblables à celui-là. Il n'y en avait pas beaucoup, mais ils existaient. J'ai abandonné mes autres travaux scientifiques pour me consacrer à la recherche et à l'examen des victimes de vampires. Et, sans fausse modestie, je suis devenu le plus grand expert en ce domaine. J'ai écrit un nombre important d'articles...

— Mais vous n'avez jamais vu de vampire, le coupa Elena. Jusqu'à maintenant, je veux dire. Je me trompe ?

— Eh bien... non. Je n'en ai pas vu en chair et en os, en effet. Mais j'ai écrit des monographies... et certaines autres choses.

Elena se mordit la lèvre.

— Que faisiez-vous face aux chiens ? osa-t-elle demander. À l'église, avec vos gestes bizarres ?

— Oh... fit-il, l'air embarrassé. Au fil de mes rencontres, j'ai glané quelques trucs ici et là. C'est ainsi qu'un vieux montagnard m'a appris un rituel pour repousser les forces du mal. J'ai pensé que ça pourrait marcher.

— Vous avez encore beaucoup à apprendre, observa Damon.

— Je n'en doute pas, répondit Alaric avec raideur.

Puis il sembla se rendre à l'évidence.

— À vrai dire, j'en ai pris conscience presque dès mon arrivée ici. Votre proviseur, Brian Newcastle, avait entendu parler de moi. Il était au courant de mes recherches. Quand Tanner a été tué et que le Dr Feinberg a découvert un cadavre vidé de son sang, et dont le cou portait des traces de morsures... eh bien, ils m'ont appelé. J'ai été enthousiasmé. Pour la première fois, j'allais étudier un cas où le vampire était encore dans les parages. Sauf qu'en arrivant ici j'ai compris qu'ils attendaient que *je* me charge du vampire. Ils ignoraient que je n'avais eu affaire qu'aux victimes jusqu'alors. Et... eh bien, j'ai peut-être présumé de mes capacités. Mais j'ai fait de mon mieux pour justifier leur confiance...

— Vous avez simulé, l'accusa Elena. Je vous ai entendu leur parler de notre repaire dans la forêt, comme si vous connaissiez parfaitement les habitudes des vampires. En fait, vous improvisiez.

— Pas *complètement*, se défendit Alaric. Théoriquement, je *suis* un expert.

Puis il sembla réaliser la portée de ce qu'elle venait de dire.

— Comment avez-vous eu connaissance de cette conversation ?

— Pendant que vous cherchiez son repaire, elle dormait dans votre grenier, l'informa Damon avec une certaine jubilation.

Alaric en resta bouche bée.

— J'aimerais savoir quel est le rôle de Meredith dans tout cela, intervint Stefan, le visage grave.

Meredith, qui examinait d'un œil distrait les piles de papiers sur le bureau d'Alaric, leva la tête.

— Je l'ai reconnu, répondit-elle calmement. D'abord sans savoir où je l'avais déjà vu, parce que ça datait de trois ans. Puis ça m'est revenu. Je l'avais croisé dans la chambre d'hôpital de mon grand-père. Ce que j'ai dit tout à l'heure était vrai, Stefan. Mon grand-père a été attaqué par un vampire.

Il y eut un instant de silence, puis Meredith poursuivit :

— Ça s'est passé il y a longtemps, avant ma naissance. Mais il ne s'en est jamais vraiment remis. Il est devenu... un peu comme Vickie, en plus violent. À tel point qu'on a commencé à craindre qu'il ne se fasse du mal, ou agresse quelqu'un. Alors il a été interné.

— Un hôpital psychiatrique, dit Elena, émue par le récit de son amie. Oh ! Meredith. Pourquoi tu n'as rien dit ? Tu aurais pu nous parler.

— Je sais. J'aurais dû... mais je ne pouvais pas. Ma famille garde ce secret depuis si longtemps – ou du moins ils essayent. En fait, personne n'a jamais cru les histoires de mon grand-père. Ils prenaient ça pour un autre de ses délires. Même moi je n'y croyais pas... jusqu'à l'arrivée de Stefan. À ce moment-là... je ne sais pas, des détails ont commencé à s'associer dans mon esprit. Mais je doutais toujours, jusqu'à ce que tu reviennes, Elena.

— Et même avec ce qui est arrivé à ton grand-père, tu ne m'as pas détestée ? s'étonna Elena.

— C'était impossible. Je te connais, et je connais Stefan. Je sais que vous n'êtes pas mauvais.

Meredith ne regardait pas Damon ; il aurait tout aussi bien pu ne pas être présent.

— Et quand je me suis souvenue d'Alaric en train de parler à mon grand-père à l'hôpital, j'ai su que *lui* non plus ne l'était pas. Je me demandais juste comment vous réunir tous pour le prouver.

— Moi, je ne vous ai pas reconnue, admit Alaric. Votre grand-père portait un nom différent – il est le père de votre mère, n'est-ce pas ? J'ai dû vous apercevoir dans la salle d'attente, mais vous étiez une petite fille chétive à l'époque. Vous avez changé, ajouta-t-il sans cacher qu'il appréciait ce changement.

Bonnie toussota intentionnellement.

— Pourquoi ces hommes étaient-ils armés d'un pieu si vous ne leur avez rien dit ? demanda Elena, qui tentait d'y voir plus clair.

— J'ai bien sûr dû demander aux parents de Caroline la permission de l'hypnotiser. Et je leur ai rapporté le résultat des séances. Mais si vous croyez que je suis impliqué dans ce qui s'est passé ce soir, vous vous trompez. Je n'étais même pas au courant.

— Je lui ai dit qu'on recherchait l'Autre Pouvoir, déclara Meredith. Il veut nous aider.

— J'ai dit que je vous aiderai *peut-être*, rectifia prudemment Alaric.

— Pas d'accord, décréta Stefan. Vous devez être avec nous ou contre nous. Je vous suis reconnaissant de m'avoir aidé tout à l'heure, mais vous êtes quand même en partie responsable de ce qui s'est passé. Maintenant, il faut faire un choix : vous êtes de notre côté – ou du leur ?

Alaric regarda tour à tour Meredith, imperturbable, Bonnie, attentive, Elena, agenouillée par terre et Stefan, dont la blessure cicatrisait déjà. Puis son regard vint se poser sur Damon. Adossé au mur, ce dernier avait une expression aussi sombre qu'indéchiffrable.

— Je vous aiderai, décida-t-il finalement. Ça me semble fondamental pour mes recherches.

— Alors bienvenue parmi nous, se réjouit Elena. Bon, à propos de M. Smallwood maintenant. Que ferez-vous demain s'il veut que vous hypnotisiez de nouveau Tyler ?

— Je temporiserai, répondit Alaric. Je lui dirai que je dois donner un coup de main pour l'organisation du bal...

— Ce bal ne doit *pas* avoir lieu, le coupa Stefan. Pas s'il y a un moyen de l'empêcher. Vous êtes en bons termes avec le proviseur ; vous pouvez prendre la parole au comité. Faites-les changer d'avis.

Alaric parut stupéfait.

— Vous craignez quelque chose ?

— Oui. Je sens comme une tension, une force partout présente. Elle s'est accrue au fil des jours.

— Je ressens la même chose, renchérit Elena.

Elle venait juste de prendre conscience que ce poids qui l'oppressait, cette sensation d'urgence ne provenaient pas seulement d'elle. C'était à l'extérieur, partout, donnant une densité particulière à l'air.

— C'est très sérieux, Alaric, ajouta-t-elle.

— Bon, soupira-t-il. Je peux essayer de les convaincre, mais votre proviseur tient à ce que tout continue normalement. Et je ne vois pas quel argument rationnel je pourrais opposer à sa volonté.

— Faites *tout* votre possible, le pressa Elena.

— Entendu. En attendant, vous devriez peut-être penser à vous protéger, Elena. La plupart des agressions vous visaient vous ou vos proches. Votre petit ami a été jeté dans un puits ; votre cérémonie funéraire a été violemment interrompue. Meredith m'a appris que même votre petite sœur avait été menacée. Si quelque chose doit se produire demain, mieux vaut que vous quittiez la ville.

Ce fut au tour d'Elena d'être stupéfaite. Elle n'avait jamais considéré les choses sous cet angle, mais il avait raison.

— Je suis d'accord avec lui, Elena, dit Stefan en lui prenant la main. Tu devrais partir. Je resterai jusqu'à...

— *Non.* Je ne partirai pas sans toi. D'ailleurs... je n'irai *nulle part* tant qu'on n'aura pas trouvé et mis hors d'état de nuire l'Autre Pouvoir.

Elle leva vers lui un regard plein de gravité.

— Tu ne vois donc pas que personne d'autre que nous ne peut défier cette chose ? M. Smallwood et ses amis n'ont pas la moindre idée de ce que c'est. Alaric minimise le danger. *Aucun* d'eux ne se rend vraiment compte.

Stefan résistait. Elle le voyait dans ses yeux, le sentait dans la tension de ses muscles. Mais, tandis qu'elle le fixait, elle le sentit céder peu à peu. Parce qu'elle venait de dire la vérité, et qu'il détestait le mensonge.

— Très bien, murmura-t-il finalement. Mais, dès que tout ça sera fini, on partira. Cette ville n'est plus vivable pour nous.

— D'accord, dit-elle en lui pressant doucement la main.

Stefan se tourna vers Alaric.

— Si ce bal n'est pas annulé, il faudra prévoir d'assurer une surveillance. Ainsi, nous aurons peut-être une chance de limiter les dégâts en cas de problème.

— C'est une bonne idée, approuva Alaric en se levant. Retrouvons-nous ici demain soir. Nous assurerons une surveillance toute la nuit.

Elena lança un regard incertain vers Bonnie.

— Ça signifie rater le bal... pour ceux qui auraient pu y aller, je veux dire.

Bonnie se leva à son tour.

— Franchement, qui se soucie encore du bal ? s'indigna-t-elle.

— Très juste, dit gravement Stefan. C'est donc réglé.

Il tressaillit soudain, visiblement en proie à une brusque douleur.

— Tu as besoin de te reposer, déclara aussitôt Elena. Alaric, vous pouvez nous conduire ? Ce n'est pas très loin.

Stefan commença par affirmer qu'il était parfaitement capable de marcher, mais, finalement, il abdiqua.

Quand Alaric les laissa devant la pension, Elena se pencha à sa portière pour lui poser une dernière question.

— Ces gens qui avaient rencontré des vampires... comment ont-ils réagi ? Est-ce qu'ils sont tous devenus fous ou sujets à des cauchemars ? Ou bien est-ce que certains s'en sont sortis indemnes ?

— Tout dépend de l'individu, répondit Alaric. Ainsi que du nombre de contacts. Le profil psychologique de la victime est déterminant. Certains font face, d'autres pas.

Elena hocha la tête. Elle garda le silence jusqu'à ce que la voiture d'Alaric eût disparu au-delà du rideau de neige. Puis elle se tourna vers Stefan.

— Matt, murmura-t-elle.

12

STEFAN REGARDA ELENA. Ses cheveux noirs étaient parsemés de cristaux de neige.

— Quoi Matt ?

— Je me souviens... de quelque chose. Ce n'est pas très clair, mais cette première nuit où je n'étais pas moi-même... est-ce que je n'ai pas vu Matt ? Est-ce que je...

Un sentiment d'horreur mêlé à un profond accablement l'empêcha de continuer. Mais elle n'avait pas besoin de terminer, ni Stefan de répondre. Elle le vit dans ses yeux.

— C'était le seul moyen, Elena. Tu serais morte privée de sang humain. Tu aurais préféré que je te laisse attaquer quelqu'un au hasard, au risque de le tuer ? La soif de sang peut conduire au pire. Tu aurais voulu cela ?

— *Non*, rétorqua Elena avec violence. Mais pourquoi Matt ? Oh, non ! ne réponds pas ; moi non plus je ne vois pas qui d'autre aurait pu convenir.

Elle inspira profondément.

— Mais maintenant je m'inquiète pour lui, Stefan. Je ne l'ai pas revu depuis cette nuit-là. Est-ce qu'il va bien ? Qu'est-ce qu'il t'a dit ?

— Pas grand-chose, répondit Stefan en détournant le regard. En gros, il veut que je le laisse tranquille. Il nie tout en bloc. Il affirme que tu es morte.

— On dirait qu'il fait partie des individus qui ne font pas face, commenta Damon.

— Oh, ferme-la ! gronda Elena. Reste en dehors de ça, tu veux ? Pense plutôt à la pauvre Vickie Bennett. Comment tu crois qu'*elle* fait face ces temps-ci ?

— Je te répondrais si je savais qui est Vickie Bennett. Tu n'arrêtes pas de me parler de cette fille, mais je ne l'ai jamais rencontrée.

— N'essaye pas de jouer au plus fin avec moi, Damon. Le cimetière, tu te souviens ? L'église en ruine ? La fille que tu as abandonnée là-bas en sous-vêtements ?

— Désolé, mais non. Et crois-moi, habituellement je me *souviens* des filles que j'abandonne en sous-vêtements.

— Alors, je suppose que c'est Stefan qui l'a fait, dit-elle, sarcastique.

La colère fit étinceler les yeux de Damon. Puis un sourire inquiétant se dessina sur ses lèvres.

— Peut-être. À moins que ce ne soit *toi*. À vrai dire je m'en fiche. Mais j'en ai un peu marre de ces accusations. Et maintenant, si vous permettez...

— Attends, le retint Stefan avec une douceur surprenante. Ne pars pas tout de suite. Il faut qu'on parle...

— Excuse-moi, mais je suis déjà pris.

Il y eut un bruissement d'ailes, puis Elena et Stefan se retrouvèrent seuls.

— Mince, dit Elena. Je ne voulais pas le mettre en colère. Il avait fait l'effort de se montrer presque civilisé pendant toute la soirée.

— Ne t'en fais pas. Il adore être en colère. Que disais-tu à propos de Matt ?

Elena vit la lassitude sur son visage. Elle s'approcha pour l'enlacer.

— On en parlera plus tard, mais je crois qu'on devrait peut-être aller le voir demain. Pour lui dire...

Elle leva la main en signe d'impuissance. Elle ne savait vraiment pas quoi dire à Matt. Mais il fallait bien faire quelque chose.

— Je pense que tu devrais y aller seule, déclara Stefan après un instant de réflexion. Moi, il ne veut pas m'écouter – et je le comprends. Tu pourrais y aller tout de suite, d'ailleurs.

Elena plongea son regard dans le sien.

— Tu es sûr ?

— Oui.

— Mais... et toi ? Je ne peux pas te laisser seul...

— Ça ira, Elena, ne t'inquiète pas, dit-il avec douceur. Vas-y.

Elena hésita encore, puis hocha la tête.

— Je ne serai pas longue, promit-elle.

Telle une ombre, Elena contourna la maison aux murs décrépis et à la boîte aux lettres de guingois. La fenêtre de Matt n'était pas verrouillée. Quelle imprudence... Elena l'ouvrit, mais ne put bien sûr pas aller plus loin. Une barrière invisible le lui interdisait.

— Matt, chuchota-t-elle.

La chambre était plongée dans l'obscurité, mais il y avait une forme sur le lit. Un réveil digital indiquait 12 h 15 en chiffres vert pâle.

— Matt, appela-t-elle encore.

La forme grogna.

— Hein ?

— Matt, je ne veux pas te faire peur, dit-elle d'une voix apaisante pour éviter de le réveiller en sursaut. Mais c'est moi, Elena, et j'aimerais te parler. Seulement il faut que tu m'invites à entrer d'abord. Tu peux le faire ?

— Euh... Entre.

Elena n'en revenait pas ; il avait à peine hésité. Mais une fois à l'intérieur de la chambre, elle réalisa qu'il dormait encore.

— Matt. *Matt*, chuchota-t-elle, sans oser s'approcher trop près.

On étouffait dans cette pièce. Le chauffage était poussé au maximum. Un pied nu et une touffe de cheveux blonds dépassaient de sous une pile de couvertures.

— Matt ?

Avec précaution, elle se pencha et le toucha.

Ce qui provoqua une réaction immédiate. Matt se redressa d'un coup, agitant les bras en tous sens. Ses yeux exorbités croisèrent les siens.

Elena se surprit à essayer de paraître fragile et inoffensive. Elle recula lentement.

— Je ne voulais pas t'effrayer. Je sais que c'est un choc. Mais acceptes-tu de me parler ?

Il continua de la regarder fixement. Ses cheveux blonds trempés de sueur étaient hérissés comme les plumes d'un poulet mouillé. Allait-il se lever et s'enfuir de la pièce ?

Finalement, il parut se détendre, ses épaules se voûtèrent et il ferma lentement les yeux. Sa respiration était profonde mais irrégulière.

— Elena.

— Oui, souffla-t-elle.

— Tu es morte.

— Non. Je suis là.

— Les morts ne reviennent pas. Mon père n'est pas revenu.

— Je ne suis pas vraiment morte. J'ai changé, c'est tout.

Les yeux de Matt restaient obstinément fermés en signe de rejet. Elena sentit le désespoir l'envahir.

— Tu voudrais que je sois morte, c'est ça ? Alors, je te laisse, murmura-t-elle.

Matt fondit soudain en larmes.

— Non. Oh, non ! Matt, ne pleure pas, je t'en prie.

Elle se retrouva en train de le bercer dans ses bras, refoulant à grand-peine ses propres larmes.

— Pardon, Matt. Je n'aurais pas dû venir.

— Ne t'en va pas, sanglota-t-il. Ne me laisse pas.

— Je ne te laisserai pas.

Elle ne put retenir ses larmes plus longtemps.

— Je ne te ferai plus jamais souffrir, promit-elle. Plus *jamais*, Matt. Toutes ces choses que j'ai faites... Je n'ai jamais voulu te faire de mal. Sincèrement...

Elle se tut, le serrant contre elle comme un enfant malheureux.

Au bout d'un moment sa respiration s'apaisa et il se redressa, s'essuyant les yeux avec le bord du drap. Il évitait le regard d'Elena, l'air à la fois gêné et méfiant, comme s'il se préparait à affronter quelque chose qu'il redoutait.

— Bon, tu es là. Tu es vivante, dit-il brutalement. Alors, qu'est-ce que tu veux ?

Elena était abasourdie.

— Allez, dis-le. Qu'est-ce que tu attends de moi ?

Les larmes montèrent de nouveau aux yeux d'Elena, mais elle les ravala.

— Je suppose que je mérite cela. Je *sais* que je le mérite. Mais pour une fois, Matt, je ne veux absolument rien. Je suis venue te faire mes excuses, te dire que je suis désolée de t'avoir utilisé – pas seulement cette nuit-là, mais toutes les autres fois. Je t'aime beaucoup, et je ne veux pas que tu souffres. Je voulais juste essayer d'arranger les choses.

Après un silence pesant, elle ajouta :

— Je vais partir maintenant.

— Non, attends.

Matt se frotta le visage avec le drap.

— Écoute. J'ai été stupide, et je suis un salaud...

— Pas du tout, tu es un type bien. Sinon tu m'aurais envoyée balader depuis longtemps.

— Non, je ne suis qu'un stupide salaud. Je devrais hurler de joie que tu ne sois pas morte. Écoute.

Il lui attrapa le poignet.

— Je me fiche que tu sois la Créature de la Lagune Noire, Godzilla et Frankenstein réunis. Je...

— Matt...

— Je sais. Tu es fiancée au type à la cape noire. Ne t'en fais pas, je ne l'oublie pas. Je dois même t'avouer qu'il m'est plutôt sympathique, va savoir pourquoi.

Matt inspira profondément avant de continuer.

— Stefan m'a dit un tas de trucs – qu'il est une créature du mal, qu'il ne regrette pas ce qu'il a fait à Tyler. Tu vois de quoi je veux parler ?

Elena ferma les yeux.

— Il s'est à peine nourri depuis cette nuit-là. Ce soir, il a failli être tué tellement il était faible.

Matt hocha la tête.

— Alors c'étaient vos salades habituelles. J'aurais dû m'en douter.

— Oui et non. Le besoin de se nourrir est puissant, plus puissant que tu n'imagines.

D'ailleurs elle-même ne s'était pas nourrie ce jour-là. La faim la tenaillait déjà avant qu'ils n'aillent chez Alaric.

— En fait... Matt, il vaut mieux que je parte. Juste une précision : si le bal a lieu demain soir, n'y va pas. Quelque chose de terrible se prépare. On essayera d'assurer la surveillance, mais je ne sais pas si ça servira à quoi que ce soit.

— Qui ça « on » ? demanda Matt d'un ton tranchant.

— Stefan, Damon – enfin, je crois – et moi. Et puis Meredith, Bonnie... et Alaric Saltzman. Ne me pose pas de questions à propos d'Alaric. C'est une longue histoire.

— Mais vous assurerez la surveillance contre *quoi* ?

— Ça aussi, c'est une longue histoire... en résumé, disons contre la « chose » qui m'a tuée. La chose qui a poussé les chiens à attaquer. C'est une force maléfique, Matt, qui rôde dans Fell's Church depuis un moment déjà. Nous allons tenter de l'empêcher de nuire de nouveau.

Elle était au supplice. La faim lui brûlait les veines.

— Écoute, je suis désolée mais il faut vraiment que je parte.

Ses yeux se posèrent malgré elle sur la grosse veine bleue qui battait dans le cou de Matt.

Quand elle parvint à en détacher le regard, elle vit l'expression épouvantée de Matt laisser place à de la compréhension. Puis à quelque chose d'incroyable : de l'acceptation.

— C'est d'accord, dit-il simplement.

Elle n'était pas sûre d'avoir bien entendu.

— Matt ?

— J'ai dit, c'est d'accord. Ça ne m'a pas fait mal la première fois.

— Non, Matt. Je ne suis pas venue pour ça...

— Je sais. C'est pour ça que je te le propose. Je veux te donner quelque chose que tu n'as *pas* demandé.

Il fit une pause et ajouta :

— En souvenir de notre amitié.

Stefan, pensa Elena avec un soupçon de culpabilité. Mais Stefan lui avait dit de venir, et de venir seule. Stefan savait. Et c'était bien. C'était son cadeau à Matt – et à elle.

Mais je n'appartiens qu'à *toi*, Stefan, lui promit-elle en son for intérieur.

— Je viendrai vous aider demain, reprit Matt tandis qu'elle se penchait vers lui. Même si je ne suis pas invité.

Puis les lèvres d'Elena effleurèrent sa gorge.

13 décembre, vendredi

Cher Journal,

Cette nuit est la nuit décisive.

Je sais que j'ai déjà écrit ça avant – ou que je l'ai pensé. Mais cette nuit est la *nuit, celle où tout peut arriver. Stefan le sent lui aussi. En revenant du lycée, aujourd'hui, il m'a annoncé que le bal était maintenu – M. Newcastle craignait de provoquer la panique en l'annulant. Ils vont assurer la « sécurité » aux abords du lycée, avec des flics, je suppose. Et peut-être aussi avec M. Smallwood et quelques-uns de ses amis armés de fusils. Quoi qu'il arrive, je doute qu'ils puissent faire grand-chose.*

Je ne sais pas si nous en sommes capables nous-mêmes.

Il a neigé toute la journée. Le col est bloqué, ce qui signifie qu'aucun véhicule ne peut entrer ou sortir de la ville. Jusqu'à l'intervention du chasse-neige, c'est-à-dire pas avant demain matin, c'est-à-dire trop tard.

Il y a quelque chose de bizarre dans l'air. Quelque chose de plus froid que la neige, qui semble sur le point de déferler. Comme lorsque l'océan se retire avant un raz de marée...

J'ai pensé à mon autre journal aujourd'hui, celui qui se trouve sous le plancher de ma penderie. Si je possède encore quelque chose, c'est bien ce journal. J'ai envisagé de le récupérer, mais je ne veux plus retourner chez moi. Je ne le supporterais pas, et tante Judith non plus si elle me voyait.

Je suis étonnée que tout le monde *ait si bien tenu le coup. Meredith, Bonnie – surtout Bonnie. Enfin, Meredith aussi, si on considère les épreuves que sa famille a traversées. Matt.*

Ce sont des amis fidèles. C'est drôle, moi qui pensais que je ne survivrais pas sans une galaxie entière d'amis et d'admirateurs. Maintenant, trois suffisent parfaitement à mon bonheur. Parce que ce sont de véritables amis.

Avant, je ne savais pas à quel point mes proches comptaient pour moi. Margaret, tante Judith. Et tous les gens du lycée. Il y a à peine quelques semaines je clamais qu'ils pouvaient tous tomber raides morts, ça me ferait ni chaud ni froid, mais ce n'est pas vrai. Ce soir, je ferai tout pour les protéger.

Je saute du coq à l'âne, je sais, mais je parle des choses qui sont importantes pour moi. Une sorte de bilan. Au cas où.

Bon, c'est l'heure. Stefan m'attend. Je termine cette dernière phrase et j'y vais.

Je crois qu'on va gagner. Je l'espère.

En tout cas on va essayer.

Depuis la salle d'histoire, ils voyaient la cafétéria qui scintillait comme un sapin de Noël. En arrivant, Elena avait observé les couples qui affluaient. Ils étaient forcés de montrer patte blanche aux policiers postés devant l'entrée. Sentant la présence de Damon derrière elle, Elena avait désigné une fille aux longs cheveux châtain clair.

— Vickie Bennett.

— Si tu le dis.

À présent, Elena regardait leur quartier général de fortune installé pour la nuit. Le bureau d'Alaric avait été débarrassé. Il y avait déployé un plan du lycée et l'étudiait avec attention. Meredith se tenait à côté de lui, penchée elle aussi sur le plan, ses longs cheveux balayant la manche d'Alaric. Matt et Bonnie étaient à l'extérieur, mêlés aux invités du bal. Stefan et Damon patrouillaient autour du lycée.

— Vous feriez mieux de rester à l'intérieur, avait conseillé Alaric à Elena. C'est plus prudent.

— J'ai parcouru la ville toute la semaine, avait-elle rétorqué avec une pointe d'amusement. Je sais parfaitement me rendre invisible.

Mais elle avait accepté de rester dans la classe et de se charger de la coordination générale.

C'est comme un château fort, pensa-t-elle en regardant Alaric tracer sur la carte les positions des policiers et des patrouilles de surveillance. Nous le défendons, mes loyaux chevaliers et moi.

L'horloge ronde suspendue au mur égrenait les minutes. Elena la consultait chaque fois qu'elle laissait quelqu'un entrer ou sortir. Une Thermos à la main, elle proposait du café à ceux qui en voulaient, et écoutait les communiqués.

— Tout est calme côté nord.

— Caroline vient d'être couronnée Reine de l'hiver. Quelle surprise !

— Quelques casseurs sur le parking – les flics les ont embarqués...

Minuit arriva, et passa.

— On s'est peut-être trompés, risqua Stefan vers une heure du matin.

C'était la première fois qu'ils se retrouvaient tous réunis depuis le début de la soirée.

— Ça a pu se passer ailleurs, suggéra Bonnie. Comment savoir ?

— Il y a peut-être un moyen, dit pensivement Alaric.

Comme tout le monde le regardait d'un air interrogateur, il déclara :

— Avec une séance de spiritisme.

Tous les yeux se tournèrent vers Bonnie.

— Oh, non ! gémit Bonnie. Je ne veux plus. Je *déteste* ça.

— C'est un don précieux... commença Alaric.

— C'est un vrai boulet, oui ! Les prédictions ordinaires sont déjà assez pénibles. La plupart du temps je découvre des choses que je ne veux pas savoir. Mais être utilisée, c'est carrément abominable. D'autant qu'ensuite je ne me souviens même plus de ce que j'ai dit. C'est vraiment l'horreur.

— Être utilisée ? répéta Alaric. Qu'entendez-vous par là ?

Bonnie poussa un soupir.

— C'est ce qui m'est arrivé à l'église, lui expliqua-t-elle patiemment. Je peux faire toutes sortes de prédictions, en lisant dans l'eau ou dans les lignes de la main...

Elle jeta un bref regard à Elena avant de continuer :

— ... enfin, des trucs comme ça. Mais il y a des fois où... quelqu'un... m'utilise pour parler par ma bouche. C'est comme s'il y avait une présence étrangère à l'intérieur de mon corps.

— Comme au cimetière, quand tu disais que quelque chose m'attendait, intervint Elena. Ou quand tu m'as prévenue de ne pas m'approcher du pont. Ou encore quand tu es venue dîner et que tu as dit que la Mort, ma mort, était dans la maison.

Ses yeux se posèrent automatiquement sur Damon, qui lui rendit son regard, impassible. Cela s'était révélé faux. Damon n'avait pas été l'instrument de sa mort. Alors, que signifiait cette prophétie ?

— Une autre voix parle à travers Bonnie, expliqua Meredith à Alaric. Même son visage change. Vous n'étiez peut-être pas assez près, à l'église, pour vous en apercevoir.

— Mais pourquoi ne pas m'en avoir parlé ? s'écria Alaric, enthousiasmé. C'est extraordinaire ! Cette entité – peu importe le nom qu'on lui donne – pourrait nous fournir une information vitale. Elle pourrait résoudre le mystère de l'Autre Pouvoir, ou au moins nous mettre sur la piste.

Bonnie secouait la tête.

— Non. Ça ne vient pas quand je siffle, et ça ne répond pas aux questions. Ça m'*arrive*. Point. Et je déteste ça.

— Ce qui signifie que vous n'avez pas repéré un seul élément, une seule situation qui favoriseraient sa venue ?

Elena et Meredith, qui savaient fort bien ce qui favorisait sa venue, échangèrent un regard. Mais c'était à Bonnie de décider, et à elle seule.

Bonnie, qui se tenait la tête entre les mains, lança un regard en biais à Elena. Puis elle ferma les yeux et gémit.

— Des bougies, grommela-t-elle.

— Quoi ?

— Des *bougies*. La flamme d'une bougie pourrait y arriver. J'en suis pas sûre, d'accord ? Je ne promets *rien*...

— Que quelqu'un aille en chercher au labo de chimie, ordonna Alaric.

La scène rappelait le tout premier cours d'Alaric, quand il leur avait demandé de disposer leurs chaises en cercle. Elena observa les visages que la bougie éclairait d'une lueur étrange. Matt avait une expression figée. À côté de lui, Meredith semblait toujours aussi imperturbable. Alaric était penché en avant, attentif. Damon et Stefan attendaient patiemment. Quant à Bonnie, elle paraissait fragile et pâle.

On est unis, pensa Elena avec émotion, se souvenant d'un mince anneau de cire flottant dans un bol d'eau. *On peut réussir en restant unis.*

— Je vais me concentrer sur la bougie, déclara Bonnie d'une voix un peu tremblante. Et faire le vide dans mon esprit. Je vais essayer...

Les yeux rivés à la flamme de la bougie, elle commença à respirer profondément.

Et puis ça se passa comme les autres fois. Le visage de Bonnie devint totalement inexpressif, son regard fixe comme celui d'une statue.

Elle ne dit pas un mot.

Ils ne s'étaient pas concertés sur les questions à poser, réalisa Elena. Il fallait vite en trouver une, avant que Bonnie ne perde le contact.

— Où pouvons-nous trouver l'Autre Pouvoir ? dit-elle au moment même où Alaric demandait :

— Qui êtes-vous ?

Bonnie parcourut lentement leur cercle d'un regard vide. Puis la voix qui n'était pas la voix de Bonnie dit :

— Venez voir.

— Hé ! s'exclama Matt alors que Bonnie se levait et se dirigeait vers la porte comme un automate. Où elle va ?

Meredith attrapa son manteau.

— On la suit, non ?

— Ne la touchez surtout pas ! les prévint Alaric en se levant d'un bond à l'instant où Bonnie passait le seuil.

Elena regarda tour à tour Stefan et Damon. D'un commun accord, ils emboîtèrent le pas à Bonnie.

— Où est-ce qu'on va ? s'inquiéta Matt. À quelle question répond-elle ?

Elena ne put que secouer la tête d'un air perplexe. Alaric marchait d'un bon pas sur les talons de Bonnie.

Elle ralentit une fois dehors, puis se dirigea vers la voiture d'Alaric devant laquelle elle s'immobilisa.

— Il n'y a pas assez de place pour nous tous. Je suivrai avec Matt, décida Meredith.

Elena monta à l'arrière, entre Stefan et Damon. Bonnie prit place à l'avant. Elle regardait droit devant elle, totalement silencieuse. Mais, comme Alaric quittait le parking, elle leva une main blanche et désigna une direction. À droite par Lee Street, puis à gauche par Arbor Green. Tout droit vers la maison d'Elena et à droite par Thunderbird. En direction de Old Creak Road.

Elena comprit alors où ils allaient.

Ils empruntèrent le deuxième pont menant au cimetière, celui que tout le monde appelait « le nouveau pont » pour le distinguer du pont Wickery, qui n'existait plus. Ils approchaient du portail non loin duquel Tyler s'était garé quand il avait emmené Elena à l'église en ruine.

Alaric s'arrêta exactement à l'endroit où Tyler s'était arrêté. Meredith en fit autant.

Avec une horrible impression de déjà-vu, Elena suivit Bonnie sur le chemin de la vieille église dont le clocher s'élançait comme un doigt tendu vers le ciel. Devant le trou béant à l'emplacement de l'ancienne porte, elle recula.

— Où nous emmènes-tu ? demanda-t-elle. *Écoute*-moi. Est-ce que tu peux au moins nous dire à quelle question tu réponds ?

— Venez voir.

Elena regarda les autres d'un air impuissant. Puis elle passa à son tour le seuil de l'église. Bonnie s'avança lentement vers le tombeau de marbre blanc, et s'immobilisa.

Elena regarda le monument funéraire, puis le visage spectral de Bonnie.

— Oh, non !... souffla-t-elle. Pas ça.

— Qu'est-ce qu'il y a ? demanda Meredith.

Elena baissa les yeux sur les effigies de Thomas et d'Honoria Fell.

— Cette tombe peut s'ouvrir, murmura-t-elle.

13

TU CROIS QU'ON EST CENSÉS... regarder dedans ? demanda Matt.

— Je ne sais pas, répondit Elena, au supplice.

Elle ne voulait pas voir ce que contenait cette tombe, pas plus maintenant que lorsque Tyler avait proposé de la vandaliser.

— On n'arrivera peut-être pas à l'ouvrir, ajouta-t-elle. Tyler et Dick n'ont pas réussi. La dalle s'est juste un peu déplacée quand je m'y suis allongée.

— Allongez-vous. Il y a peut-être une espèce de mécanisme caché, suggéra Alaric.

Elena s'exécuta, mais cela ne donna aucun résultat.

— Bon, on va la soulever tous ensemble, décida alors Alaric. Comme ça...

Il s'était accroupi, lorsque Damon intervint, l'air passablement amusé.

— Si vous permettez...

Alaric s'écarta.

Damon et Stefan saisirent chacun une extrémité de la dalle de marbre et la soulevèrent.

Elle émit un grincement sinistre tandis qu'ils la faisaient glisser sur le côté.

Elena ne pouvait se résoudre à s'approcher. Elle préférait attendre que Stefan regarde à l'intérieur. Son expression lui indiquerait ce que contenait la tombe. Des images de corps momifiés, de cadavres putréfiés, de squelettes ricanants lui traversèrent l'esprit. Si Stefan prenait un air horrifié ou dégoûté...

Mais elle ne lut que l'étonnement et la perplexité sur son visage.

Elena n'y tint plus.

— Qu'est-ce qu'il y a dedans ?

Il lança un regard en coin à Bonnie.

— Venez voir, dit-il.

Elena s'avança. Elle se pencha prudemment au-dessus de la tombe. Puis elle redressa vivement la tête et tourna des yeux stupéfaits vers Stefan.

— *Qu'est-ce que c'est ?*

— Je ne sais pas.

Il interrogea Meredith et Alaric.

— L'un de vous a-t-il une torche ? Ou une corde ?

Après un rapide coup d'œil dans la tombe, ils se dirigèrent tous deux vers leur voiture. Elena inspecta de nouveau l'intérieur du caveau. Elle n'arrivait toujours pas à y croire.

La tombe n'était pas une tombe, mais une entrée.

Il y avait une sorte de voûte ou de cave creusée dans le sol. Sur le seul mur visible, celui qui tombait droit en dessous d'elle, des barreaux d'acier étaient fixés, comme une échelle.

— Voilà, dit Meredith à Stefan en revenant. Alaric avait une torche, et voici la mienne. On a aussi une corde.

L'étroit faisceau de la lampe de Meredith balaya la cavité obscure.

— Je ne vois pas grand-chose, mais ça a l'air vide, déclara Stefan. Je vais descendre en premier.

— *Descendre ?* répéta Matt. Attendez, vous êtes sûrs qu'on est *censés* descendre ? Bonnie, qu'est-ce que tu en dis ?

Bonnie n'avait pas bougé. Elle avait toujours le même regard dénué d'expression. Sans un mot, elle enjamba la tombe, pivota, et commença à descendre.

— Waouh, lâcha Stefan.

Il fourra la lampe dans la poche de son blouson, prit appui sur la tombe et sauta.

— Ça va ? lui cria Elena.

— Impeccable.

La lumière clignota vers elle depuis le fond.

— Bonnie aussi. Les échelons descendent jusqu'en bas. Apporte quand même la corde.

Sans plus réfléchir, Elena prit appui sur le rebord de la tombe, comme Stefan l'avait fait. Une main se referma brusquement sur son poignet.

— Je viens de penser à quelque chose, dit Meredith d'un ton grave. Et si l'entité de Bonnie *est* l'Autre Pouvoir ?

— J'y ai pensé il y a déjà un moment, répondit Elena.

Elle tapota la main de Meredith, s'en dégagea et sauta.

— Mon Dieu... souffla-t-elle quand, atterrissant entre les bras de Stefan, elle regarda autour d'elle.

L'endroit était étrange. Les parois de pierre avaient un aspect lisse, presque poli. Des chandeliers en métal y étaient fixés à intervalles réguliers. Certains contenaient encore des restes de cire. Elena ne distinguait pas l'autre extrémité de la pièce, mais la lampe révéla une grille en fer forgé toute proche. Elle était semblable à celles utilisées dans les églises pour isoler un autel.

Bonnie venait d'atteindre le dernier échelon. Elle attendit silencieusement pendant que les autres descendaient à leur tour, d'abord Matt, puis Meredith, puis Alaric muni de la seconde lampe de poche.

Elena leva les yeux.

— Damon ?

Sa silhouette se découpait dans le rectangle noir que formait la tombe à ciel ouvert.

— Oui ?

— Tu es avec nous ? demanda-t-elle.

Le silence qui suivit lui parut interminable. Puis il y eut un coup de vent, et Damon atterrit en souplesse près d'elle. Mais il ne la regarda pas. Son visage était insondable et il semblait curieusement distant.

— C'est une crypte, s'émerveilla Alaric en balayant l'espace avec sa lampe. Une pièce souterraine, utilisée comme lieu de sépulture. Elles sont généralement construites sous des églises de plus grande taille.

Bonnie se dirigea droit vers la grille et y posa une main. Elle s'ouvrit sous sa poussée.

Elena dut se faire violence pour la suivre. Ses sens, pourtant d'une acuité exceptionnelle, ne lui révélaient rien du lieu que ses pieds foulaient. Le faisceau de la lampe de Stefan n'éclairait que le sol devant eux et l'énigmatique silhouette de Bonnie.

Cette dernière s'immobilisa.

On touche au but, pensa Elena en retenant son souffle. Elle avait l'impression d'être dans un de ces rêves où l'on se voit rêver sans pour autant pouvoir modifier le cours des événements ni se réveiller.

Stefan éclairait à présent des objets se trouvant au-delà de Bonnie. Ou plutôt un amas de... Elena n'arrivait pas à discerner quoi. Et puis quelque chose lui apparut brutalement. Un visage d'une blancheur cadavérique, grotesquement penché sur le côté...

Elle retint de justesse un hurlement. Ce n'était qu'une statue, dont les traits lui étaient familiers. La tombe qui se trouvait devant eux était la jumelle de celle, en surface, par laquelle ils étaient entrés. Sauf que celle-ci avait été saccagée. La dalle brisée avait été projetée contre le mur de la crypte. Des espèces de bâtonnets d'ivoire étaient éparpillés sur le sol.

Non pas les éclats de marbre qu'Elena voulait y voir, mais des os humains broyés.

Bonnie se retourna.

Son visage en cœur oscilla comme pour passer en revue le groupe. Son regard inexpressif s'arrêta finalement sur Elena.

Puis, avec un tremblement, elle vacilla et bascula brutalement en avant, comme une marionnette dont on aurait coupé les fils.

Elena bondit, la rattrapant juste à temps.

— Bonnie ? Bonnie ?

Les yeux aux pupilles dilatées qui se levèrent vers elle étaient ceux de Bonnie.

— Mais qu'est-ce qui s'est passé ? demanda Elena. Où est l'entité ?

— Je suis là.

Au-dessus de la tombe pillée, une lumière voilée apparut. Non, pas exactement une lumière. Quelque chose qu'Elena percevait, mais qui n'appartenait pas au spectre lumineux normal. Quelque chose qu'un œil humain ne pouvait voir, qui lui était révélé par un Pouvoir extérieur.

— L'Autre Pouvoir, murmura-t-elle, glacée d'effroi.

— Non, Elena.

De la même manière que l'apparition n'était pas une lumière, la voix n'était pas un son. La lueur au-dessus de la tombe sembla tournoyer. L'espace d'un instant, Elena y discerna un visage, un visage doux et triste. Alors elle comprit.

— Je t'attendais, dit la voix douce d'Honoria Fell. Ici, je peux m'adresser à toi sous ma propre forme, sans l'aide de Bonnie. Écoute-moi. Ton temps est compté, et le danger est immense.

— Mais... quel est cet endroit ? demanda Elena. Pourquoi nous avoir attirés ici ?

— Tu l'as demandé. Je ne pouvais rien te montrer sans que tu le demandes. Cet endroit est ton champ de bataille.

— Je ne comprends pas.

— Cette crypte a été construite pour moi par les habitants de Fell's Church. Un lieu de repos pour ma dépouille. Un lieu secret pour une personne dotée de pouvoirs secrets. Comme Bonnie, je savais des choses que personne d'autre ne savait. Je voyais des choses que personne d'autre ne voyait.

— Vous étiez médium, murmura Bonnie.

— À l'époque, on appelait cela de la sorcellerie. Mais je n'ai jamais utilisé mes pouvoirs pour nuire et, à ma mort, ce monument a été construit pour que mon mari et moi puissions reposer en paix. Mais, au bout de nombreuses années, notre paix fut troublée.

L'étrange lueur vacilla. Ses contours s'estompèrent légèrement.

— Un Autre Pouvoir arriva à Fell's Church, rempli de haine et de violence. Il profana ma tombe et dispersa mes os. Puis il s'installa ici, semant le mal dans ma ville. Je me suis réveillée. Dès le début j'ai essayé de te prévenir, Elena. Il vit ici, sous le cimetière. Il t'a attendue, t'a épiée. Parfois sous la forme d'un hibou...

Un hibou. Comme celui qu'Elena avait vu sur le clocher de l'église. Comme celui de la grange ou de l'arbre devant sa maison.

Hibou blanc... oiseau de proie... carnassier... Elena se souvint d'immenses ailes blanches qui semblaient cacher l'horizon. Un grand oiseau fait de brume ou de neige, qui la poursuivait, la traquait, avide de sang, vibrant d'une haine bestiale...

— Non ! s'écria-t-elle, submergée par la puissance de ce souvenir.

Elle sentit les mains de Stefan sur ses épaules. Et revint au présent. Honoria Fell parlait toujours.

— Et il t'épiait aussi, Stefan. Il te haïssait avant de haïr Elena. Il jouait avec toi comme un chat avec une souris. Il déteste ceux qui aiment. Il est lui-même plein d'un amour corrompu.

Elena regarda involontairement derrière elle. Meredith, Alaric et Matt étaient pétrifiés. Bonnie et Stefan se trouvaient près d'elle. Mais Damon... où était Damon ?

— Sa haine a pris une telle ampleur que n'importe quelle mort le satisfera, n'importe quel sang versé lui procurera du plaisir. En ce moment même, les animaux qu'il contrôle se dirigent vers la ville.

— Le bal ! s'écria Meredith.

— Oui. Et cette fois ils les tueront tous, jusqu'au dernier.

— Il faut y aller, s'écria Matt, affolé. Il faut les prévenir...

— Vous ne serez pas en sécurité tant que l'esprit qui dirige ces animaux ne sera pas détruit. La tuerie continuera. Vous pouvez détruire le Pouvoir malfaisant ; c'est pour cela que je vous ai fait venir ici.

La lumière sembla décliner un peu plus.

— Vous possédez le courage nécessaire, mais il vous faut le découvrir. Soyez forts. Je ne peux rien de plus pour vous.

— Attendez... s'il vous plaît...

La voix continuait inexorablement, sans tenir compte de l'intervention d'Elena.

— Bonnie, tu dois faire un choix. Tes pouvoirs secrets sont une lourde responsabilité. Ils sont aussi un don, que tu peux refuser. Choisis-tu d'y renoncer ?

— Je... commença Bonnie en secouant la tête d'un air effrayé. Je ne sais pas. J'ai besoin de temps.

— Tu n'as pas le temps. Choisis.

La lueur s'affaiblissait un peu plus à chaque seconde.

Les yeux de Bonnie exprimaient la stupeur et l'incertitude quand elle chercha du regard l'aide d'Elena.

— C'est *ton* choix, murmura Elena. Tu dois décider seule.

Lentement, Bonnie hocha la tête. Elle fit de nouveau face à la lumière.

— Je les garderai, dit-elle d'une voix émue. Je leur ferai une place. Comme ma grand-mère l'a fait avant moi.

La lueur vacilla légèrement.

— Ton choix est sage. Puisses-tu faire usage de tes dons avec la même sagesse ! C'est la dernière fois que je m'adresse à toi.

— Mais...

— J'ai mérité mon repos. À ton tour de combattre.

Et la lueur s'éteignit, telles les dernières braises d'un feu mourant.

L'espace tout autour d'eux se mit soudain à vibrer d'une tension insoutenable. Une puissance monstrueuse semblait planer au-dessus d'eux, prête à fondre sur eux et à les engloutir.

— Stefan... souffla Elena.

Stefan l'avait senti lui aussi, elle le savait.

— Vite, cria Bonnie, paniquée. Il faut sortir d'ici.

— Il faut aller au bal, déclara Matt, le visage blême. Il faut les aider...

— Le feu ! s'écria soudain Bonnie. Le feu ne les tuera pas, mais il les tiendra en respect...

— Tu n'as pas entendu ? s'énerva Elena. On doit combattre l'Autre Pouvoir. Et il est *ici*, en ce moment même. On ne peut pas s'en aller !

Une profusion d'images et de souvenirs se télescopaient dans son esprit... ainsi qu'un redoutable pressentiment. La soif de sang la tenaillait toujours...

— Alaric, partez avec les autres, ordonna Stefan. Faites ce que vous pouvez. Je reste...

— Je pense que nous devrions tous partir ! hurla Alaric.

Il était obligé de hurler pour se faire entendre par-dessus le bruit assourdissant qui avait peu à peu empli les lieux.

Le faisceau de sa lampe montra quelque chose qu'Elena n'avait pas remarqué jusque-là. Il y avait un trou dans le mur à côté d'elle.

Et ce trou ouvrait sur un tunnel obscur dont on ne voyait pas le bout.

Où conduisait-il ?

Hibou blanc... oiseau de proie... carnassier... *corbeau*, conclut Elena. Et, soudain, tout lui apparut avec une aveuglante clarté.

— Où est Damon ? cria-t-elle en se tournant dans tous les sens. Où est Damon ?

— *Sortez !* hurla Bonnie, au bord de l'hystérie.

Elle se précipita vers la grille au moment même où le grondement déchira l'obscurité.

Ce n'était pas le grondement d'un chien. Impossible de s'y tromper. C'était un grondement beaucoup plus profond et sourd, qui avait des relents de jungle, de chasse sanguinaire.

Il résonna dans la poitrine d'Elena comme si on venait de lui tirer dessus à bout portant.

Puis il retentit de nouveau, affamé et sauvage, mais en même temps presque indolent. Si arrogant. Des bruits de pas ébranlèrent le tunnel.

Bonnie essayait de hurler, mais ses lèvres ne laissaient sortir qu'un pitoyable sifflement. Quelque chose avançait dans le tunnel obscur. Une forme qui se déplaçait avec une souplesse féline. Elena reconnut le grondement cette fois. C'était le rugissement du plus grand des félins. Deux yeux jaunes apparurent à l'entrée du tunnel. Les yeux d'un tigre.

Et puis tout se passa très vite.

Elena sentit Stefan essayer de la tirer en arrière. Mais ses muscles raidis lui interdisaient tout mouvement. Il était trop tard.

Le tigre bondit. Silhouette blanche et longiligne, toute en puissance... L'espace d'un instant, Elena le vit comme dans le halo d'un projecteur. Les flancs luisants, l'échine souple...

— *Damon, non !* hurla-t-elle sans même s'en rendre compte.

C'est alors que le loup noir surgit de l'ombre.

Tandis qu'il se jetait sur le tigre, Stefan entraîna Elena hors de la trajectoire du félin. Hébétée, elle se laissa conduire à l'écart. La dalle brisée la séparait à présent du tigre rugissant, mais la grille se trouvait au-delà des deux bêtes.

Elena oscillait entre l'effroi et la stupéfaction. Elle était en pleine confusion. Elle avait soupçonné Damon d'être l'Autre Pouvoir. Mais la méchanceté et la soif de sang qui émanaient de ce tigre ne laissaient planer aucun doute. C'était cette chose qui l'avait poursuivie dans le cimetière, qui l'avait acculée à la rivière et conduite à la mort. Ce Pouvoir blanc contre lequel le loup se battait à mort.

Le combat était inégal. Le loup noir, aussi agressif et déterminé fût-il, n'avait aucune chance. Un seul coup de griffe du tigre lui déchira l'épaule jusqu'à l'os. Le félin ouvrit la gueule en rugissant, s'apprêtant à prendre le loup à la gorge.

C'est alors que Stefan intervint. Il dirigea le faisceau de sa lampe dans les yeux du tigre et poussa violemment le loup blessé sur le côté. Elena aurait voulu hurler, sortir de sa stupeur. Elle ne comprenait pas ; elle ne comprenait plus. Stefan était en danger. Mais elle était paralysée.

— Sortez ! cria Stefan aux autres. Dépêchez-vous !

Plus vif que l'éclair, il esquiva un coup de patte tout en maintenant la lumière dans les yeux de l'animal. Meredith avait franchi la grille. Matt traînait à demi Bonnie. Alaric était déjà de l'autre côté.

Le tigre bondit, mais la grille se referma avec fracas.

— On ne vous abandonnera pas ! cria Alaric.

— Partez ! hurla Stefan. Allez prévenir les habitants ! *Vite !*

Malgré ses blessures, le loup chargea de nouveau. Le tigre contre-attaqua. Leurs rugissements mêlés devinrent assourdissants.

— Stefan ! s'écria Elena en le voyant se ramasser sur lui-même en position d'attaque.

S'il mourait, elle mourrait aussi. Et, si elle devait mourir, elle voulait que ce soit à ses côtés.

Cette fois, ses jambes acceptèrent de lui obéir. Elle s'avança vers Stefan en vacillant, les mains tendues pour l'agripper. Il l'enlaça, lui faisant un rempart de son corps. Mais elle était têtue, aussi têtue que lui. Elle pivota, et ils firent face ensemble.

Le loup était à terre. Baignant dans une flaque de sang. Le félin blanc le dominait, ses crocs formidables à quelques centimètres de la gorge noire.

Puis, soudain, le tigre s'immobilisa et leva la tête pour regarder Stefan et Elena.

Avec un calme étonnant, Elena se surprit à le détailler. Les moustaches fines et raides, semblables à des fils d'argent. La fourrure d'un blanc pur, striée de quelques traces d'or étincelant. Blanc et or... Comme le hibou dans la grange. Et ce souvenir en évoqua un autre, à la lisière de sa mémoire... le souvenir de quelque chose qu'elle avait vu... ou entendu...

D'un violent coup de patte, le tigre envoya valdinguer la lampe que tenait Stefan. Ce dernier poussa un gémissement de douleur. Puis ce fut l'obscurité totale. Agrippée à Stefan, Elena attendit le choc mortel.

Mais elle fut brusquement prise de vertige. Un épais brouillard gris tourbillonnait autour d'elle, l'empêchant de se raccrocher à Stefan. Elle ne pouvait ni penser ni même parler. Le sol se dérobait sous ses pieds. Dans un ultime sursaut de conscience, elle comprit que le Pouvoir se tournait contre elle, qu'il submergeait son esprit.

Elle sentit le corps de Stefan se dérober, s'affaisser, culbuter loin d'elle. Emportée par une force irrésistible, elle fut précipitée dans le vide.

14

HIBOU BLANC... OISEAU DE PROIE... chasseur... tigre. Il joue avec toi comme un chat avec une souris. Comme un chat... un énorme chat... un chaton. Un chaton blanc.

La mort est dans la maison.

Et le chaton, le chaton qui avait fui devant Damon. Pas par peur, mais par crainte d'être démasqué. Comme lorsque, se tenant sur la poitrine de Margaret, il s'était mis à miauler à la vue d'Elena de l'autre côté de la fenêtre.

Elena gémit et reprit presque conscience, mais le brouillard gris se referma sur elle avant qu'elle ait pu ouvrir les yeux.

Amour corrompu... Stefan, cette chose te détestait avant de détester Elena... Blanc et or... quelque chose de blanc... *quelque chose de blanc sous l'arbre...*

Elle lutta pour ouvrir les yeux, et y parvint. Et, avant même de voir avec netteté la faible lueur vacillante, elle sut. Enfin.

La silhouette en robe blanche se détourna de la bougie allumée. Elena vit alors ce qui aurait pu être son propre visage. Mais légèrement déformé. Pâle et beau, mais *faux*. Comme le reflet d'elle-même multiplié à l'infini qu'Elena avait vu dans le rêve aux miroirs. Grimaçant, affamé, ricanant.

— Bonjour, Katherine, murmura-t-elle.

Katherine sourit, un sourire sournois de prédateur.

— Tu n'es pas aussi stupide que je le pensais, remarqua-t-elle.

Sa voix était limpide et douce – cristalline. Des éclats argentés scintillaient sur ses cils et sur sa robe au moindre mouvement. Mais ses cheveux étaient dorés. Ses yeux ressemblaient à ceux du chaton : ronds et bleus. Du même bleu que la pierre précieuse ornant le collier qui pendait à son cou.

Elena avait la gorge irritée comme si elle avait hurlé pendant des heures. Elle tourna lentement la tête de côté ; une douleur fulgurante la transperça de part en part.

Stefan se trouvait près d'elle, les bras attachés aux barreaux de la grille, la tête retombant mollement sur la poitrine. Elena entr'apercevait son visage, d'une pâleur inquiétante. Son cou portait des traces de morsures, et du sang séché maculait son col.

Elena tourna si vivement la tête vers Katherine qu'elle en eut le vertige.

— Pourquoi ? Pourquoi as-tu fait cela ?

Katherine sourit, découvrant des dents blanches et pointues.

— Parce que je *l'adore*, répondit-elle d'une voix de petite fille. Pas toi ?

À cet instant, Elena comprit pourquoi elle ne pouvait pas bouger, et pourquoi ses bras lui faisaient si mal. Elle était ligotée à la grille, comme Stefan. Tournant péniblement la tête de l'autre côté, elle découvrit Damon.

Il était dans un état encore plus alarmant que son frère. La manche de son blouson était déchirée, laissant voir une affreuse plaie. Sous la chemise en lambeaux, sa poitrine se soulevait imperceptiblement. Sans ce signe, Elena l'aurait cru mort. Du sang souillait ses cheveux et coulait sur ses paupières closes.

— Lequel préfères-tu ? demanda Katherine sur le ton de la confidence. Allez, ne te gêne pas avec moi. Lequel est le meilleur, à ton avis ?

Elena la regarda avec dégoût.

— Katherine. S'il te plaît, écoute-moi...

— Vas-y. Dis-moi.

Katherine se pencha vers elle. Au point de la toucher. Ses yeux bleus étincelants emplirent son champ de vision.

— Moi, je les trouve tous les deux savoureux. Tu aimes les choses savoureuses, Elena ?

Révulsée, Elena ferma les yeux et détourna la tête. Si seulement cette sensation de vertige avait pu cesser !

Katherine s'écarta avec un éclat de rire argentin.

— Je sais, c'est tellement difficile de choisir.

Elle effectua une petite pirouette. Elena se rendit alors compte que ce qu'elle avait pris pour une traîne étaient ses cheveux. Telle une coulée d'or liquide, ils cascadaient le long de son dos pour aller se répandre sur le sol.

— Tout dépend des goûts, poursuivit-elle en se déplaçant de son pas dansant.

Elle s'arrêta devant Damon et regarda Elena d'un air espiègle.

— De toute façon mes dents sont si douces.

Elle saisit Damon par les cheveux et, lui relevant la tête, planta ses crocs dans son cou.

— Non ! Ne fais pas ça ! Arrête...

Elena se débattit, mais ses liens étaient trop serrés. Et la grille était solidement ancrée dans le sol en pierre. Bien qu'inconscient, Damon gémissait sous l'assaut bestial de Katherine. Son corps était secoué de spasmes.

— S'il te plaît, arrête ! Oh ! je t'en supplie...

Katherine leva la tête. Du sang coulait sur son menton.

— Mais j'ai faim, et il est si *bon*.

Elle planta à nouveau les dents dans la chair de Damon. Le corps de ce dernier se contracta violemment. Elena éclata en sanglots.

C'était comme ça, se souvint-elle avec horreur. La première nuit dans la forêt, c'était exactement comme ça. J'ai fait mal à Stefan. Je voulais le tuer...

Les ténèbres se refermèrent sur elle, et elle s'y abandonna avec gratitude.

La voiture d'Alaric dérapa sur une plaque de verglas. Il freina brutalement devant le lycée et Meredith faillit l'emboutir. Matt et elle bondirent de leur voiture en laissant les portières ouvertes. Devant eux, Alaric et Bonnie en firent autant.

— Et le reste de la ville ? cria Meredith en courant vers eux.

Le vent glacial lui fouettait le visage.

— La famille d'Elena ! s'écria Bonnie d'une voix stridente.

Malgré sa peur, une intense concentration se lisait dans son regard. Elle leva les yeux vers le ciel, comme pour y chercher la réponse à une question.

— Il faut les protéger des chiens, dit-elle finalement. Rassemble-les quelque part – dans une cave par exemple. Qu'ils n'en bougent pas !

— Je m'en charge, promit Meredith. Vous trois, occupez-vous du bal !

Bonnie pivota pour rejoindre Alaric. Meredith retourna à sa voiture au pas de course.

La fête était sur le point de se terminer. Il y avait autant de gens à l'intérieur qu'à l'extérieur. Bon nombre se dirigeaient vers le parking.

— Retournez à l'intérieur ! leur cria Alaric. Que tout le monde rentre et qu'on ferme les portes ! hurla-t-il aux policiers.

Mais il était trop tard. Il atteignit la cafétéria au moment où le premier chien sortait des ténèbres en bondissant. Un policier s'écroula sans un cri.

Un autre fut plus rapide. Une série de coups de feu éclata. Des élèves hurlèrent et s'enfuirent dans la direction opposée, vers le parking. Alaric les poursuivit, agitant les bras, essayant de leur faire faire demi-tour.

D'autres ombres surgirent de tous côtés. La panique fut alors à son comble. Alaric continuait de se démener, tentant désespérément de ramener les élèves dans le bâtiment.

Dans la cour, Bonnie se tourna vers Matt.

— Il faut faire du feu !

Matt courut à la cafétéria. Il en ressortit avec une boîte pleine de programmes de la soirée qu'il vida par terre tout en cherchant des allumettes dans sa poche.

Le papier prit rapidement feu, créant un îlot de sécurité. Matt se précipita vers un groupe affolé pour le repousser à l'intérieur de la cafétéria. Bonnie s'y rua à son tour. Il y régnait une ambiance d'émeute.

Elle ne vit aucun adulte. Seulement des jeunes en proie à la panique la plus totale.

Le vacarme était tel que, même en hurlant, elle n'aurait aucune chance d'être entendue. Jouant des coudes, elle parvint à l'autre extrémité de la salle. Caroline s'y trouvait, livide sous son diadème de Reine de l'hiver. Bonnie l'entraîna jusqu'au micro.

— Dis-leur de se regrouper à l'intérieur et d'y *rester* ! Dis-leur de décrocher les décorations, de rassembler tout ce qui brûle – chaises en bois, contenus de poubelles, *n'importe quoi*. Explique-leur que c'est notre seule chance !

Caroline la fixait d'un air terrorisé, comme si elle ne comprenait pas un traître mot de ce qu'elle lui racontait.

— Tu as la couronne maintenant – alors *fais-en* quelque chose ! ajouta Bonnie sans ménagements.

Elle n'attendit pas de voir si Caroline obtempérait. Elle replongea dans le tumulte de la salle. Un instant plus tard, elle entendit la voix de Caroline résonner dans les haut-parleurs, d'abord hésitante, puis pressante.

Dans un silence de mort, Elena ouvrit de nouveau les yeux.

— Elena ?

Elle cligna des paupières à plusieurs reprises. Un regard vert plein de douleur était fixé sur elle.

— Stefan.

Elle se tendit ardemment vers lui, si malheureuse de ne pas pouvoir le toucher. Ça n'avait aucun sens, pourtant elle était certaine que tout irait moins mal s'ils pouvaient seulement se blottir l'un contre l'autre.

Un rire enfantin s'éleva. Elena ne regarda pas dans la direction d'où il provenait, contrairement à Stefan. Elle vit son expression se modifier, passant à toute allure d'un sentiment à un autre. Choc absolu, incrédulité, joie naissante – et puis l'horreur. Une horreur qui rendit son regard aussi opaque que celui d'un aveugle.

— Katherine... Mais c'est impossible. Tu es morte...

— Stefan... intervint Elena.

Mais il perdit connaissance.

Katherine posa une main sur sa bouche et gloussa.

— Toi aussi, tu es réveillé, dit-elle en se tournant du côté de Damon.

Après quelques instants, Damon leva lentement la tête.

Il n'y avait pas la moindre trace d'étonnement sur son visage. Les yeux plissés avec méfiance, il considéra longuement Katherine. Puis il sourit. Un sourire à peine visible, mais reconnaissable.

— Notre joli petit chaton blanc, murmura-t-il. J'aurais dû m'en douter.

— Pourtant, tu ne t'es douté de rien, n'est-ce pas ? le taquina Katherine, aussi insouciante qu'une enfant en train de jouer. Même toi, tu n'as pas deviné. J'ai berné tout le monde.

Son rire cristallin résonna de nouveau.

— C'était tellement amusant de t'épier pendant que tu épiais Stefan. Aucun de vous deux n'a jamais su que j'étais là. Je t'ai même griffé une fois !

Pliant les doigts, elle mima le coup de patte d'un chaton.

— Chez Elena. Oui, je me souviens, dit tranquillement Damon.

Il semblait non pas en colère, mais vaguement amusé, ce qui en la circonstance était pour le moins saugrenu.

— Après tout, tu es un prédateur. La belle *et* le tigre réunis.

— C'est moi qui ai jeté Stefan dans le puits, se vanta Katherine. Je vous ai vus vous battre ; j'ai apprécié. J'ai suivi Stefan jusqu'à la lisière de la forêt, et ensuite...

Elle ferma d'un coup sec ses deux mains en coupe, mimant la capture d'un papillon. Puis elle les rouvrit avec précaution, regardant dedans comme si elles contenaient vraiment quelque chose.

— J'allais le garder pour jouer avec, confia-t-elle avec un petit gloussement.

Puis sa lèvre inférieure s'avança, et elle regarda Elena d'un œil torve.

— Mais tu l'as pris. C'était méchant, Elena. Tu n'aurais pas dû faire ça.

L'insupportable expression de malice enfantine laissa la place, l'espace d'un instant, à la haine incandescente d'une femme adulte.

— Les filles trop gourmandes méritent une punition, décréta Katherine en se dirigeant vers Elena. Et tu es une fille trop gourmande.

— Katherine !

Stefan était revenu à lui.

— Tu ne veux pas nous raconter ce que tu as fait d'autre ? demanda-t-il avec empressement.

Katherine parut surprise, puis flattée.

— Eh bien... si tu y tiens vraiment.

Elle croisa les bras sur sa poitrine et pirouetta de nouveau, ses cheveux dorés balayant le sol.

— Non, décida-t-elle d'un ton capricieux en se retournant et en pointant un doigt vers eux. À vous de deviner. Vous devinez, et je vous dis « vrai » ou « faux ». C'est parti !

Elena lança un regard furtif à Stefan. Elle ne voyait pas l'intérêt de gagner du temps avec Katherine ; le résultat serait le même au bout du compte. Pourtant, son instinct lui commandait de s'accrocher à la vie autant qu'elle le pouvait.

— Tu as attaqué Vickie, risqua-t-elle. Dans l'église en ruine.

— Bien ! s'écria Katherine avec enthousiasme. Elle était dans mon église, après tout, ajouta-t-elle d'un air plus raisonnable. Et ce garçon et elle étaient en train de... On ne fait pas ça dans une église ! Alors je l'ai *écorchée* !

Elle prononça ce dernier mot en détachant chaque syllabe, comme lorsqu'on s'adresse à un petit enfant.

— Et... j'ai bu son sang !

Elle passa la langue sur ses lèvres pâles. Puis elle désigna Stefan.

— À ton tour !

— Et, depuis, tu la harcèles, déclara-t-il.

Il ne jouait pas le jeu ; c'était une simple remarque, chargée de dégoût.

— Oui, mais on n'en parle plus ! rétorqua durement Katherine. Passons à autre chose.

Puis elle se mit à tripoter les boutons de sa robe, l'air rêveur. Elena pensa à Vickie, à son air stupéfait quand elle s'était retrouvée à demi dévêtue devant tout le monde à la cafétéria.

— Je lui ai fait faire des trucs idiots, reprit Katherine avec un petit rire espiègle. C'était si drôle de jouer avec elle.

Les bras d'Elena étaient engourdis et douloureux. Si seulement elle parvenait à desserrer ses liens en tirant dessus. Elle essaya de se redresser et tâtonna dans le vide. Elle ignorait ce qu'elle ferait si elle réussissait à se libérer, mais ça valait quand même la peine d'essayer.

— Au suivant, claironna Katherine, une note de menace dans la voix.

— Pourquoi dis-tu que c'est ton église ? s'étonna Damon, affichant une expression narquoise et détachée. Et Honoria Fell ?

— Oh ! cette vieille revenante ! marmonna méchamment Katherine.

Elle fixa un point derrière Elena, la bouche crispée, les yeux étincelants de haine. Ils se trouvaient face à l'entrée de la crypte, réalisa alors Elena. Honoria viendrait peut-être à leur secours...

Puis elle se rappela ses paroles. *Je ne peux rien de plus pour vous.* Il n'y avait donc plus aucun espoir.

Comme si elle avait lu dans les pensées d'Elena, Katherine déclara :

— Ce vieux tas d'os ne peut *rien* faire. Elle ne sait que radoter.

Le visage de Katherine s'était assombri. Aiguillonnée par la peur, Elena lança :

— Tu as tué le chien de Bonnie, Yang-Tsé.

C'était une hypothèse prise au hasard, histoire de divertir Katherine, mais ça marcha.

— Oui ! Un moment inoubliable. Vous êtes toutes sorties de la maison en courant et vous avez commencé à geindre et à pleurer...

Katherine mima la scène en la caricaturant à l'extrême : le chien gisant devant la maison de Bonnie, les filles se précipitant dehors et découvrant son corps.

— Il avait mauvais goût, mais ça en valait tout de même la peine. J'ai souvent suivi Damon quand il était corbeau. J'aurais pu l'attraper et...

Elle fit le geste de lui tordre le cou.

Le rêve de Bonnie, pensa Elena, glacée par cette révélation. Elle ne s'était pas rendu compte qu'elle avait parlé tout haut jusqu'à ce qu'elle surprenne les regards de Stefan et de Katherine fixés sur elle.

— Bonnie a rêvé de toi, murmura-t-elle. Mais elle a cru que c'était moi. Elle m'a vue debout sous un arbre. Et elle avait peur de moi. Elle me trouvait différente, à la fois pâle et scintillante. Un corbeau est passé, et je l'ai attrapé, et je lui ai brisé le cou.

Elena déglutit péniblement.

— En fait, c'était toi, conclut-elle.

Katherine avait l'air absolument ravie.

— Les gens rêvent beaucoup de moi, déclara-t-elle d'un ton suffisant. Ta tante, par exemple. Je lui ai dit que tu étais morte par sa faute. Elle a cru que c'était toi qui lui parlais.

— Oh ! mon Dieu...

— J'aurais aimé que tu meures, poursuivit Katherine d'une voix fielleuse. Tu *aurais dû* mourir. Je t'ai maintenue suffisamment longtemps sous l'eau. Mais tu as bu leur sang, et tu es revenue. Eh bien, qu'à cela ne tienne.

Elle lui adressa un sourire furtif.

— Je pourrai jouer avec toi plus longtemps. J'ai perdu mon sang-froid, ce jour-là, parce que Stefan t'avait donné ma bague. Ma bague ! Celle que je leur avais laissée en souvenir de moi. Et il te l'a donnée. À toi ! J'ai alors compris que je ne me contenterais pas de jouer avec lui. Il fallait que je le tue.

Stefan avait l'air accablé, déconcerté.

— Mais je te croyais morte. Tu l'*étais* il y a cinq siècles, Katherine...

— Oh ! c'était ma première supercherie, rétorqua Katherine, soudain maussade. J'ai tout arrangé avec Gudren, ma femme de chambre. Vous n'aviez pas accepté mon choix, explosa-t-elle en regardant Stefan puis Damon avec colère. Je voulais que nous soyons heureux ensemble. Je vous aimais tous les deux. Mais ça ne vous suffisait pas.

Le visage de Katherine avait encore changé. C'était à présent celui d'une jeune fille blessée. Celle qu'elle avait été *à l'époque*. Ses grands yeux bleus étaient remplis de larmes.

— Je voulais que vous vous aimiez, mais vous refusiez, poursuivit-elle. Et je me sentais misérable. J'ai cru que ma mort vous rapprocherait, que vous feriez face ensemble à cette épreuve. Alors, Gudren et moi avons tout organisé...

Elle s'interrompit un instant, perdue dans ses souvenirs.

— Je me suis fait faire un autre talisman, et je lui ai donné ma bague, reprit-elle. Elle a pris ma robe blanche – la plus belle – et l'a brûlée dans la cheminée. Nous avons fait brûler de la graisse pour que les cendres aient l'odeur appropriée. Puis elle les a exposées au soleil, accompagnées d'un mot. Je n'étais pas sûre que ça marcherait. Je me trompais. Vous avez tout gobé... Mais ensuite vous avez tout fait de *travers*. Vous étiez censés être bouleversés, pleurer et tomber dans les bras l'un de l'autre. Au lieu de quoi vous avez tiré l'épée. Pourquoi ? s'écria-t-elle, sincèrement chagrinée. Pourquoi n'avez-vous pas *accepté* mon cadeau ? Vous l'avez méprisé. Dans ma lettre je vous disais que je tenais à votre réconciliation. Mais vous ne m'avez pas écoutée, et vous vous êtes entretués. *Pourquoi* avez-vous agi ainsi ?

Les larmes roulaient maintenant sur ses joues. Sur celles de Stefan aussi.

— Nous étions stupides, murmura-t-il. Nous nous sommes mutuellement accusés de ta mort, nous étions tellement stupides... Katherine, écoute-moi. C'était ma faute ; c'est moi qui ai attaqué le premier. Et je l'ai regretté. Tu ne peux pas savoir à quel point. Tu n'imagines pas combien j'y ai pensé, combien j'ai rêvé de changer le cours des événements. J'aurais donné n'importe quoi pour revenir en arrière. *N'importe quoi*. J'ai tué mon frère...

Sa voix se brisa. Au désespoir, Elena se tourna vers Damon, mais il l'ignora totalement. Il n'avait plus l'air amusé du tout. L'air profondément concentré, il ne quittait pas Stefan des yeux.

— Katherine, je t'en prie, écoute-moi, souffla Stefan d'une voix tremblante. Nous avons tous assez souffert. Je t'en prie, laisse-nous partir maintenant. Ou garde-moi, si tu veux, mais libère-les. Je suis le seul coupable. Garde-moi, et je ferai ce que tu voudras...

Une infinie tristesse voilait le regard de Katherine. Elena n'osait plus respirer, de peur de rompre le charme. La longue jeune fille aux cheveux d'or se dirigea vers Stefan, le visage radouci et vibrant de désir.

Puis le froid mortel qui l'habitait l'envahit de nouveau, figeant ses larmes sur ses joues.

— Tu aurais dû penser à cela il y a longtemps, cingla-t-elle. Je t'aurais peut-être écouté à l'époque. Au début, j'ai été bouleversée par votre mort. Je me suis enfuie sans Gudren. Mais je n'avais *rien*, et j'avais faim et froid. Je serais sans doute morte de faim sans Klaus.

Klaus. Elena se rappelait ce nom. C'était l'homme qui avait fait de Katherine un vampire. Les villageois disaient de lui qu'il était le mal incarné.

— *Klaus* m'a enseigné la vérité, poursuivait Katherine. Il m'a montré comment le monde marche réellement. Il faut être fort, et prendre ce que l'on convoite. Ne penser qu'à soi-même. J'ai acquis une force incroyable. Vous savez comment ?

Elle enchaîna, répondant à sa propre question :

— Grâce à ces vies. Toutes ces vies. Humaines ou non, elles sont en *moi* maintenant. J'ai tué Klaus il y a un siècle ou deux. Il a été... surpris. Il ignorait à quel point j'avais appris ses leçons. J'étais très heureuse ainsi, m'emparant d'une vie après l'autre, jusqu'à ce que je me souvienne de *vous deux*, et de ce que vous aviez fait. Comment vous aviez traité mon cadeau. J'ai alors compris que je devais vous punir. Je vous ai attirés ici. Je t'ai mentalement guidé jusqu'à cette ville, Stefan. Et je me suis assurée que Damon te suivait. Elena était ici. Nous sommes sûrement de lointaines parentes, elle et moi ; elle me ressemble tellement. Je savais que votre culpabilité se réveillerait en la voyant. Mais vous n'étiez pas censés tomber amoureux d'elle !

Le ressentiment de Katherine fit de nouveau place à la fureur.

— Vous n'étiez pas censés m'oublier ! Vous n'étiez pas censés lui donner ma bague !

— Katherine...

— Vous m'avez trahie, poursuivit-elle sur sa lancée. Et vous allez le regretter. Je sais à présent qui je hais le plus. C'est toi, Stefan. Parce que c'était toi que j'aimais le plus.

Elle parut se ressaisir, essuya les dernières traces de larmes sur son visage et se redressa d'un air exagérément digne.

— Je ne hais pas autant Damon. Il se peut même que je l'épargne.

Elle plissa les yeux, puis les écarquilla alors qu'une idée lui venait.

— Écoute, Damon, commença-t-elle en baissant la voix. Tu n'es pas aussi stupide que Stefan. Tu ne te fais pas d'illusions sur la réalité – je te l'ai entendu dire maintes fois. Et je sais de quoi tu es capable.

Elle se pencha vers lui.

— Je me sens seule depuis que Klaus est mort. Tu pourrais me tenir compagnie. Dis-moi seulement que tu m'aimes plus que tout. Et après les avoir tués nous partirons ensemble. Tu peux même tuer la fille si ça te chante. Je te la laisse. Qu'en penses-tu ?

Les yeux de Damon étaient plongés dans ceux de Katherine. Il semblait sonder son âme. Puis son visage reprit cet air amusé si déplacé en la circonstance.

Oh, non ! gémit Elena intérieurement. Je t'en supplie, non...

Lentement, Damon sourit.

15

ELENA REGARDAIT DAMON avec une terreur muette. Elle ne connaissait que trop bien ce sourire troublant. Mais, tandis que son cœur se serrait, elle dut se rendre à l'évidence. Qu'est-ce que cela changeait, après tout ? Stefan et elle allaient mourir de toute façon. Il était logique que Damon sauve sa peau. Et il était vain d'attendre de lui qu'il aille contre sa propre nature.

Elle contempla ce beau sourire frondeur avec un sentiment de regret pour ce qu'aurait pu être Damon.

Aux anges, Katherine rendit son sourire à Damon.

— Nous serons si heureux ensemble. Une fois qu'ils seront morts, je te libérerai. Je ne te voulais pas de mal, pas vraiment. Je me suis juste laissé emporter par la colère.

Elle avança une main gracile et lui caressa la joue.

— Pardonne-moi.

— Katherine, murmura-t-il, souriant toujours.

— Oui.

Elle se pencha plus près.

— Katherine...

— Oui, Damon ?

— Va te faire voir.

Elena tressaillit. L'atmosphère fut soudain saturée de haine, une haine puissante, implacable. La métamorphose de Katherine lui arracha un cri. Son joli visage était déformé, transformé en quelque chose qui n'avait rien d'humain ni d'animal. Une lueur rouge flamboya au fond de ses yeux tandis qu'elle s'abattait sur Damon, et plantait ses crocs dans sa gorge.

Des serres recourbées émergèrent de ses doigts. Elle se mit à lacérer la poitrine déjà ensanglantée de Damon. Elena hurlait à pleins poumons. La corde lui sciait les poignets mais elle en était à peine consciente. Stefan criait aussi. Mais la stridente voix mentale de Katherine dominait.

Tu vas le regretter ! Tu vas me supplier d'arrêter ! Mais je te tuerai ! Je te tuerai ! Je te tuerai !

Les mots transperçaient l'esprit d'Elena comme autant de poignards. Le Pouvoir à l'état pur était partout présent, la paralysant, se répercutant en écho tout autour d'elle, lui martelant brutalement le crâne. *Te tuer ! Te tuer ! Te tuer !*

Elena s'évanouit.

Accroupie à côté de tante Judith dans la buanderie, Meredith se concentrait pour essayer de discerner ce qui se passait de l'autre côté de la porte. Les chiens étaient parvenus jusqu'à la cave, elle ne savait pas exactement comment – sans doute en brisant les vitres des fenêtres du rez-de-jardin. Ils se trouvaient maintenant tout près, mais Meredith n'aurait su dire ce qu'ils étaient en train de faire. Un inquiétant silence régnait.

Margaret, blottie sur les genoux de Robert, commença à pleurnicher.

— Chhh, lui souffla-t-il aussitôt. Tout va bien, ma chérie, ne t'inquiète pas.

Meredith croisa son regard à la fois effrayé et déterminé. Dire qu'ils avaient failli le prendre pour l'Autre Pouvoir... Mais l'heure n'était pas aux regrets.

— Où est Elena ? demanda Margaret d'un ton grave. Elle a dit qu'elle veillerait sur moi. Elle a dit qu'elle prendrait soin de moi.

Tante Judith posa un doigt sur sa bouche.

— Elle prend soin de toi, murmura Meredith. Elle m'a spécialement envoyée pour ça. C'est la *vérité*, ajouta-t-elle farouchement devant le regard de reproche mêlé de perplexité de Robert.

À l'extérieur, le silence était maintenant ponctué de coups de griffes et de crocs. Les chiens s'attaquaient à la porte.

Robert nicha un peu plus la tête de Margaret contre sa poitrine.

Bonnie ignorait depuis combien de temps ils résistaient. Des heures sans doute. Une éternité, semblait-il. Les chiens étaient entrés par la cuisine et les vieilles portes latérales en bois. Jusqu'ici, cependant, seuls une douzaine d'entre eux avaient réussi à franchir les feux allumés en guise de barricades devant chacune de ces ouvertures. Et des hommes armés de fusils s'étaient chargés de les accueillir.

Mais M. Smallwood et ses amis n'avaient plus de munitions. Et ils seraient bientôt à court de matériaux de combustion.

Vickie avait fait une crise d'hystérie un peu plus tôt, hurlant et se tenant la tête comme si quelque chose l'attaquait. Ils tentaient de la maîtriser quand elle était finalement tombée dans les pommes.

Bonnie rejoignit Matt, qui regardait dehors par la porte démolie de l'autre côté du feu. Il ne cherchait pas les chiens, mais quelque chose de beaucoup plus lointain. Quelque chose qu'on ne pouvait pas voir d'ici.

— Il fallait que tu partes, Matt, lui dit-elle. Tu n'aurais rien pu faire de plus.

Il ne répondit pas et ne se retourna pas.

— C'est bientôt l'aube, poursuivit Bonnie. Peut-être que les chiens s'en iront quand le jour sera levé.

Mais elle savait qu'il était inutile d'espérer un tel miracle.

Matt resta muet. Elle lui toucha l'épaule.

— Stefan est avec elle. Stefan est là-bas.

Enfin, Matt réagit. Il hocha la tête.

— Stefan est là-bas, répéta-t-il.

Sombre et rugissant, un autre chien jaillit des ténèbres.

Ce ne fut que bien plus tard qu'Elena reprit progressivement conscience. Elle le sut non pas à cause des bougies que Katherine avait allumées mais grâce à la lueur grisâtre qui filtrait par l'ouverture de la crypte.

Elle aperçut Damon. Il gisait sur le sol, ses liens tout autant déchiquetés que ses vêtements. Il y avait à présent suffisamment de lumière pour mesurer l'étendue de ses blessures. Était-il encore en vie ? Son immobilité était totale.

Damon ? Elena avait utilisé sa voix mentale sans même s'en rendre compte. Comme si les hurlements de Katherine avaient réveillé une fonction endormie de son esprit. Ou bien était-ce l'effet bénéfique du sang de Matt...

Elle tourna la tête de l'autre côté. *Stefan ?*

Son visage était ravagé par la douleur, mais il était conscient. Trop conscient. Elena regrettait presque qu'il ne fût pas comme Damon, insensible à ce qui leur arrivait.

Elena, répondit-il.

Où est-elle ? demanda Elena, parcourant prudemment la salle du regard.

Stefan tourna les yeux vers l'entrée de la crypte. *Elle est montée il y a un moment déjà. Peut-être pour voir où en sont les chiens.*

Elena avait cru avoir atteint les limites de la terreur, mais elle se trompait. Qu'allait-il advenir de tous les autres ?

Elena, je suis désolé. Le visage de Stefan exprimait tout ce que les mots ne pouvaient pas dire.

Ce n'est pas ta faute, Stefan. Ce n'est pas toi qui l'as rendue comme ça. C'est elle-même. Ou bien ça lui est arrivé parce qu'elle est ce qu'elle est. Ce que nous sommes. Elena pensait encore à la façon dont elle avait agressé Stefan dans la forêt, et à ce qu'elle avait ressenti lorsqu'elle courait vers M. Smallwood, avide de vengeance. *Ça aurait pu être moi.*

Non ! Tu n'aurais jamais pu devenir comme ça.

Elena ne répondit pas. Si c'était elle qui détenait le Pouvoir, que ferait-elle à Katherine ? Que lui *ferait*-elle ? Mais elle ne voulait pas bouleverser Stefan davantage en poursuivant sur ce sujet.

J'ai cru que Damon allait nous trahir.

Moi aussi, dit Stefan.

Il regardait son frère avec une expression étrange.

Tu le hais toujours ?

Le regard de Stefan s'assombrit.

Non, répondit-il sans hésiter. *Non, je ne le hais plus.*

Elena hocha la tête. C'était important, d'une certaine manière. Puis elle se figea, tous les sens en alerte, alors qu'une ombre se profilait à l'entrée de la crypte.

Elle revient. Elena...

Je t'aime, Stefan, dit désespérément Elena tandis qu'une brume blanche déboulait.

Katherine se matérialisa devant eux.

— Je ne sais pas où en est la situation, commença-t-elle d'un air ennuyé. Vous bloquez mon tunnel.

Elle regarda de nouveau au-delà d'Elena, vers la tombe brisée et le tunnel dans le mur.

— J'emprunte ce passage d'habitude, poursuivit-elle, ignorant complètement le corps de Damon gisant à ses pieds. Il se prolonge sous la rivière. Ainsi, je ne passe pas par-dessus l'eau courante, mais *dessous*.

Elle les regarda, visiblement satisfaite comme à l'énoncé d'une bonne blague.

Évidemment, pensa Elena. Comment ai-je pu être aussi stupide ? Damon a traversé la rivière avec nous dans la voiture d'Alaric. Il est donc passé au-dessus de l'eau courante, et il l'a sans doute fait à bien d'autres occasions. Il ne pouvait pas être l'Autre Pouvoir.

C'était bizarre qu'elle pût continuer à réfléchir malgré la terreur qui l'étreignait. On aurait dit qu'une partie de son esprit se tenait à distance.

— Je vais vous tuer maintenant, annonça Katherine sur le ton de la conversation. Puis je vais passer sous la rivière pour tuer vos amis. Je ne pense pas que les chiens l'aient encore fait. Mais je m'en chargerai moi-même avec plaisir.

— Laisse partir Elena, la supplia Stefan.

— Je n'ai pas encore décidé comment, continua Katherine sans faire attention à lui. Je vais peut-être vous faire griller vifs. Il y a presque assez de lumière maintenant. Et je détiens ceci.

Elle brandit le poing.

— Un, deux, trois ! décompta-t-elle en l'ouvrant.

Deux bagues en argent et une en or roulèrent par terre. La pierre qui ornait chacune d'entre elles avait la couleur et l'éclat de ses yeux et du bijou pendu à son cou.

Elena chercha aussitôt à toucher sa propre bague, mais elle ne sentit que son doigt nu. Jamais elle n'aurait cru qu'elle se sentirait aussi démunie sans cet anneau. Il était nécessaire à sa vie, à sa survie. Sans lui...

— Sans vos bagues vous mourrez, dit Katherine en malmenant les bijoux du bout du pied. Mais je me demande si c'est une mort assez *lente*.

Elle arpenta la salle, sa robe argentée scintillant dans la demi-pénombre.

Ce fut à ce moment-là qu'Elena eut une idée.

Elle pouvait bouger les mains. Suffisamment pour chercher sa bague, suffisamment pour savoir qu'elles n'étaient plus engourdies. La corde était moins serrée.

Mais Katherine était puissante. Incroyablement puissante. Et plus rapide qu'Elena. Même si Elena se libérait, elle n'aurait qu'une très faible marge de manœuvre.

Elle agita les poignets en tous sens, sentant la corde devenir lâche.

— Il y a d'autres moyens, reprit Katherine. Je pourrais vous faire une entaille et vous regarder vous vider de votre sang. J'adore regarder.

Serrant les dents, Elena exerça une pression sur la corde. Sa main se trouvait dans une position très douloureuse, mais elle continua d'appuyer. Elle sentit la brûlure de la corde qui glissait.

— Ou bien les rats, poursuivait pensivement Katherine. Ça pourrait être amusant. Je leur dirais quand commencer et quand arrêter.

Libérer l'autre main fut beaucoup plus facile. Elena essayait de ne rien laisser paraître sur son visage. Elle aurait aimé utiliser sa voix mentale pour appeler Stefan, mais elle n'osait pas. Il y avait un risque que Katherine entende.

Celle-ci vint se planter devant Stefan.

— Je crois que je commencerai par toi, dit-elle en approchant son visage tout près du sien. J'ai de nouveau faim. Et tu es si savoureux, Stefan. J'avais oublié à quel point.

Un rectangle de lumière blafarde se dessinait sur le sol. La lueur de l'aube qui filtrait par l'entrée de la crypte. Katherine était déjà sortie dans cette lumière. Mais...

Katherine sourit brusquement, les yeux pétillants d'excitation.

— J'ai trouvé ! Je boirai presque tout ton sang et je t'obligerai à regarder pendant que je *la* tuerai ! Je te laisserai juste assez de force pour la voir mourir avant de mourir à ton tour. Ça ne vous semble pas être un bon plan ?

Elle applaudit joyeusement et fit une pirouette avant de s'éloigner d'un pas dansant.

Encore un pas, pensa Elena. Un seul...

Katherine fit un pas.

— C'est donc réglé !

Elle commença à se retourner.

— Quelle bonne...

Maintenant !

Tirant de toutes ses forces sur la corde, Elena se rua sur elle. Ce fut comme l'ultime bond d'un chat sautant sur une proie impossible. Une ultime chance. Un ultime espoir.

Elle percuta Katherine de tout son poids. La violence du choc les projeta toutes deux dans le rectangle de lumière. La tête de Katherine heurta le sol en pierre.

Puis Elena sentit l'atroce douleur, comme si son corps avait été plongé dans un bain d'acide. C'était une sensation semblable à la brûlure de la soif ou de la faim, en beaucoup plus puissant. Des millions de fois plus puissant. C'était insoutenable.

— *Elena !* cria Stefan.

Une fois l'effet de surprise passé, le Pouvoir revenait à la charge. La bouche de Katherine se tordit de rage, des crocs en jaillirent. Ils étaient si longs qu'ils débordaient de la lèvre inférieure. Un hurlement sinistre sortit de cette bouche difforme.

Elena essaya de la saisir à la gorge. Ses doigts se refermèrent sur le collier orné d'une pierre bleue. Elle tira comme une forcenée, et sentit la chaîne céder. Elle tenta de la garder, mais ses doigts encore engourdis étaient maladroits. Et Katherine s'acharnait sur sa main. Le collier lui échappa, allant se perdre quelque part dans l'obscurité.

— *Elena !* appela de nouveau Stefan.

Elle avait l'impression que son corps était fluorescent. Comme éclairé de l'intérieur. Seulement la lumière qui la traversait la brûlait. Sous elle, le monstrueux visage de Katherine était directement exposé au ciel hivernal. Au lieu d'un hurlement, ce fut un cri perçant qui monta progressivement de sa gorge.

Elena essaya de se lever, mais elle n'en avait pas la force. Le visage de Katherine se fissurait. Des sillons de feu s'ouvraient dans sa chair. Son cri atteignit un paroxysme. Ses cheveux s'enflammèrent, sa peau noircit.

Puis Elena sentit qu'on l'attrapait par les épaules pour la tirer hors du rectangle de lumière. La fraîcheur de l'ombre lui fit l'effet d'une source glacée. On l'enlaça, on la berça.

Elle vit les bras de Stefan. Rouges, là où ils avaient été exposés au grand jour. Ensanglantés, là où les cordes lui avaient écorché la peau. Elle vit son visage, l'horreur et la souffrance qu'il exprimait. Puis sa vue se brouilla, et elle ne vit plus rien.

Au plus fort de leur lutte contre les mâchoires sanguinolentes qui claquaient et tentaient de s'infiltrer par le trou dans la porte, Meredith et Robert s'immobilisèrent sans comprendre. Les dents avaient cessé de mordre, les griffes de déchirer. Une truffe sursauta et se détourna. Se déplaçant pour jeter un œil aux autres chiens, Meredith remarqua leurs yeux vitreux. Ils ne bougeaient plus. Elle regarda Robert.

Plus aucun bruit ne provenait de la cave. Le silence était total.

Mais ils n'osaient pas espérer.

Le cri de démence de Vickie s'arrêta net, comme tranché par un couteau. Le chien qui avait planté ses crocs dans la cuisse de Matt se raidit. Un soubresaut convulsif l'agita, puis il desserra la mâchoire. À bout de souffle, Bonnie pivota pour regarder au-delà du feu mourant. Il y avait juste assez de lumière pour voir les corps des autres chiens gisant par terre, là où ils s'étaient effondrés.

Matt et Bonnie s'appuyèrent l'un contre l'autre, regardant autour d'eux avec stupeur.

La neige avait enfin cessé de tomber.

Lentement, Elena ouvrit les yeux.

Tout n'était que clarté et calme.

Elle était contente que le vacarme ait cessé. Ça avait été si douloureux. Maintenant, elle n'avait plus mal. Elle avait de nouveau l'impression que son corps était fluorescent, mais la brûlure avait disparu. C'était comme si elle flottait librement dans l'air, au gré de courants ascendants. Elle avait presque la sensation de ne pas avoir de corps du tout.

Elle sourit.

Tourner la tête ne lui était plus pénible désormais. Elle aperçut, dans le rectangle de lumière pâle au sol, les restes fumants d'une robe argentée. Le mensonge de Katherine, vieux de cinq cents ans, était devenu vérité.

Elena détourna le regard. Elle ne voulait plus perdre son temps avec cette histoire ancienne. Il y avait tant de choses beaucoup plus importantes.

– Stefan, soupira-t-elle, et elle lui sourit.

Oh ! comme c'était bon de prononcer son nom.

— Je ne voulais pas que ça se passe ainsi, dit-elle tristement.

Ses yeux verts se gonflèrent de larmes, mais il lui rendit son sourire.

— Je sais, Elena.

Il comprenait. Tant mieux ; ça comptait beaucoup. C'était facile de distinguer ce qui comptait vraiment maintenant. Et la compréhension de Stefan était pour elle la chose la plus importante du monde.

Il lui semblait qu'elle ne l'avait pas vraiment regardé depuis une éternité. Pas depuis qu'elle avait découvert à quel point il était beau. Mais elle le regardait à présent. Et elle voyait son âme scintiller au fond de ses yeux. Ça en valait la peine, se dit-elle. Je ne voulais pas mourir – je ne le veux pas plus maintenant. Mais je le referais s'il le fallait.

— Je t'aime, murmura-t-elle.

— Je t'aime, dit-il en lui étreignant la main.

Elle flottait toujours en apesanteur... Comme c'était étrange... Elle sentait à peine les bras de Stefan autour d'elle.

Elle aurait pu être terrifiée. Mais elle ne l'était pas, pas tant que Stefan serait là.

— Les gens au bal, ils sont hors de danger maintenant ? demanda-t-elle.

— Oui. Tu les as sauvés.

— Je n'ai pas dit au revoir à Bonnie et à Meredith. Ou à tante Julie. Il faut leur dire que je les aime.

— Je le leur dirai, promit Stefan.

— Tu peux le leur dire toi-même, souffla une autre voix, rauque et méconnaissable.

Damon s'était traîné jusqu'à eux. Son visage était ravagé, strié de sang, mais ses yeux sombres fixés sur elle n'avaient rien perdu de leur intensité.

— Utilise ta volonté, Elena. Accroche-toi. Tu en as la force...

Elle lui adressa un sourire vacillant. Elle connaissait la vérité. Ce qui était en train de se passer n'était que la conclusion de ce qui avait commencé deux semaines auparavant. Elle avait disposé de treize jours pour redresser la situation, se racheter aux yeux de Matt, faire ses adieux à Margaret, et dire à Stefan qu'elle l'aimait. Mais la période de grâce était terminée.

Ce n'était cependant pas une raison pour blesser Damon. Elle aimait aussi Damon.

— J'essayerai, promit-elle.

— On te ramène à la maison, dit-il.

— Pas tout de suite, pria-t-elle avec douceur. Attendons encore un peu.

Une étincelle s'éteignit au fond des insondables yeux noirs. Alors elle comprit que Damon savait, lui aussi.

— Je n'ai pas peur, dit-elle. Enfin, pas trop.

Elle glissait dans une sorte de somnolence confortable, comme si elle était sur le point de s'endormir. Tout ce qui l'entourait paraissait flou et lointain.

Sa poitrine se serra. Elle n'avait pas très peur, mais elle était triste. Il y avait tant de choses qu'elle regrettait de ne pas avoir faites.

— Oh ! souffla-t-elle.

Les murs de la crypte s'étaient dissous, laissant la place à une masse nuageuse dans laquelle s'ouvrait une porte semblable à celle qui donnait sur la salle souterraine. Sauf que celle-ci s'ouvrait sur une lumière différente.

— C'est beau, murmura-t-elle. Stefan ? Je suis tellement fatiguée.

— Tu peux te reposer maintenant.

— Tu ne me laisseras pas ?

— Non.

— Alors je n'ai pas peur.

Quelque chose brillait sur le visage de Damon. Elle tendit la main pour le toucher.

— Ne sois pas triste, lui dit-elle en sentant une larme au bout de ses doigts.

Qui comprendrait Damon maintenant ? Qui l'aiderait à révéler le meilleur de lui-même ?

— Vous devez prendre soin l'un de l'autre.

Un soupçon de force lui revint, telle la flamme d'une bougie qui se ravive au vent.

— Stefan, tu me le promets ?

— Je te le promets. Oh ! Elena...

Des vagues de sommeil la submergeaient.

— C'est bien. C'est bien, Stefan.

L'ouverture s'était rapprochée, au point qu'elle pouvait la toucher maintenant. Elle se demanda si ses parents se trouvaient quelque part au-delà de cette porte.

— Je rentre chez moi, murmura-t-elle.

Puis les ténèbres disparurent, et il n'y eut plus que la lumière.

Stefan la tint serrée contre lui tandis que ses yeux se fermaient. Et il resta là, laissant libre cours à ses larmes. La douleur était différente du jour où il l'avait sortie de la rivière. Elle ne contenait ni colère ni haine, mais un amour infini.

Cela faisait encore plus mal.

Il regarda le rectangle de soleil, à un ou deux pas de lui à peine. Elena était partie dans la lumière. Elle l'avait laissé seul.

Pas pour longtemps, pensa-t-il.

Sa bague était par terre. Il l'ignora quand il se leva, les yeux rivés à la tache de lumière aveuglante.

Une main lui agrippa le bras et le tira en arrière.

Stefan se retrouva face à son frère.

Les yeux de Damon étaient sombres comme la nuit. Il tenait la bague de Stefan. Il la lui passa de force au doigt, puis le libéra.

— Maintenant, tu peux aller où tu veux, déclara-t-il en se rasseyant péniblement.

Il ramassa la bague que Stefan avait donnée à Elena et la lui tendit.

— Ceci aussi est à toi. Prends-la. Prends-la et va-t'en.

Il se détourna.

Stefan fixa un long moment l'anneau d'or dans la paume de sa main.

Puis ses doigts se refermèrent dessus, et il posa les yeux sur Damon. Les paupières de son frère étaient closes, sa respiration difficile. Il avait l'air épuisé, ses traits étaient tirés par la souffrance.

Stefan avait fait une promesse à Elena.

— Viens, dit-il avec détermination en glissant la bague dans sa poche. Cherchons un endroit où tu puisses te reposer.

Et il enlaça son frère pour l'aider à se relever.

16

16 décembre, lundi

Stefan m'a donné ce carnet. Au début je n'en voulais pas, parce que je ne savais pas quoi en faire. Mais, maintenant, je crois avoir une idée.

Les gens commencent déjà à oublier. Ils se trompent sur certains détails, et en inventent d'autres. Et puis ils veulent des explications à tout. Ils nient le surnaturel. Pour eux, il y a forcément une explication rationnelle à ce qui les dépasse. C'est complètement stupide, mais il n'y a pas moyen de les convaincre du contraire.

Les adultes sont les pires. Ils disent que les chiens souffraient d'hydrophobie. Le vétérinaire a même trouvé une nouvelle maladie, une sorte de rage qui serait transmise par les chauves-souris. Je trouve ça carrément nul.

Les jeunes sont un peu moins bornés, surtout ceux qui se trouvaient au bal. On peut compter sur certains d'entre eux, comme Sue Carson et Vickie. Vickie a tellement changé en deux jours que ça relève presque du miracle. Elle n'est plus ce qu'elle était avant tous ces événements. Finie la midinette qui se trémousse avec une flopée de mecs pendus à ses basques. Maintenant, c'est une fille vraiment super.

Même Caroline a changé. Cette fois, elle a pris la parole à la cérémonie funéraire. Elle a dit qu'Elena était la véritable Reine de l'hiver. C'était un peu la copie du précédent discours de Sue. Mais ça partait d'un bon sentiment.

Elena paraissait si sereine. Comme si elle dormait. Je sais qu'on dit toujours ça, mais c'est pourtant vrai. Là, c'est vraiment vrai.

Après la cérémonie, les gens parlaient de « la façon remarquable dont elle avait échappé à la noyade ». Ils disaient qu'elle était morte d'une embolie ou de je ne sais quoi d'autre. Ce qui est absolument ridicule. Mais c'est en les entendant déblatérer leurs idioties que j'ai eu mon idée.

Je vais récupérer le second journal d'Elena. Et je demanderai à Mme Grimesby de mettre les deux carnets dans la bibliothèque, pas au fond d'une caisse comme celui d'Honoria Fell, mais à la disposition de tous. Parce que la vérité se trouve dans ces deux carnets. Et je veux que personne ne l'oublie.

Les jeunes se souviendront peut-être.

Je devrais noter ce qui est advenu des habitants de Fell's Church ; Elena l'aurait voulu.

Tante Judith réagit plutôt bien, même si elle fait partie des adultes qui ont du mal à assumer la vérité. Il lui faut du rationnel. Robert et elle se marieront à Noël. Ce sera une bonne chose pour Margaret.

Margaret a tout compris. Elle m'a dit qu'elle reverrait Elena et ses parents un jour, mais pas tout de suite, parce qu'il lui restait encore beaucoup de choses à faire ici. Je ne sais pas qui lui a mis cette idée en tête. Elle est drôlement futée pour une gosse de quatre ans.

Alaric et Meredith vont plutôt bien, on s'en doute. Une fois le calme revenu, après cette terrible nuit, ils sont pratiquement tombés dans les bras l'un de l'autre. Je crois qu'il y a anguille sous roche. Meredith dit qu'elle y pensera quand elle aura dix-huit ans et son bac.

Typique, absolument typique. Toutes les filles sauf moi se trouvent un mec. J'envisage d'essayer un des rituels de ma grand-mère, histoire de savoir si je risque de me marier un jour. Pour l'instant, je ne vois personne que j'aurais envie *d'épouser.*

Enfin, il y a Matt. Je le trouve assez craquant. Mais, pour le moment, il n'a qu'une fille en tête. Je ne sais pas si ça changera jamais.

Il a flanqué un coup de poing à Tyler après la cérémonie. Ce sale crétin avait dit quelque chose de déplacé sur Elena. De Tyler, je peux dire avec certitude *qu'il ne changera jamais, quoi qu'il arrive. Sale crétin il est, sale crétin il restera.*

Mais Matt... Matt... a des yeux terriblement bleus. Et un sacré coup droit.

Stefan ne pouvait pas cogner Tyler pour la bonne raison qu'il n'était pas là. Il y a encore des tas de gens qui pensent qu'il a tué Elena. Forcément, *qu'ils disent, puisqu'il n'y avait personne d'autre sur place. Les cendres de Katherine s'étaient déjà éparpillées quand les secours sont arrivés. D'après Stefan, elle a flambé comme ça parce qu'elle était vieille. Les jeunes vampires ne se changent pas en cendres. Ils meurent, tout simplement. Comme Elena. Dommage que Stefan n'ait pas su ça quand Katherine avait simulé sa propre mort – par le feu. Il n'aurait pas gobé sa supercherie.*

Certaines personnes – en particulier M. Smallwood et ses amis – chargeraient bien volontiers Damon. Mais ils ne le peuvent pas. Il n'était plus là quand ils sont arrivés à la crypte. Stefan l'avait aidé à se cacher. Quelque part dans la forêt, je présume. Après la cérémonie, Stefan m'a dit que Damon avait quitté Fell's Church. Ça n'avait pas l'air de lui faire plaisir. Damon est sans doute parti sans le prévenir. Maintenant on peut légitimement se demander : que fabrique Damon ? Est-ce qu'il mord d'innocentes jeunes filles à tour de bras ? Ou est-ce qu'il s'est assagi ? Je ne me risquerais pas à parier. Damon était un mec étrange.

Mais beau à couper le souffle. Là-dessus, aucun doute.

Stefan va s'en aller aussi. J'ai la vague impression que Damon aura des surprises s'il jette un œil derrière lui. Apparemment, Elena a fait promettre à Stefan de veiller sur lui. Et Stefan est du genre à prendre les promesses très, très au sérieux.

Ça va pas être de la tarte. Mais il fera ce qu'Elena attendait de lui, et ça le rendra heureux. Aussi heureux qu'il peut l'être sans elle sur cette terre. Il porte sa bague suspendue à une chaîne autour de son cou.

Si ma façon de parler de tout ça vous paraît détachée, si vous avez l'impression que je me fiche d'Elena, ça montre juste à quel point vous vous trompez. ~~Je défie n'importe qui de venir me dire ça en face.~~ Meredith et moi, on a pleuré tout le samedi et une bonne partie du dimanche. Et j'étais tellement en colère que j'avais envie de tout casser. Je n'arrêtais pas de penser : pourquoi Elena ? Pourquoi ? *Alors qu'il y a tant d'autres gens qui auraient pu mourir cette nuit-là. De la ville entière, elle a été la seule.*

Bien sûr, elle a fait ça pour les sauver, mais pourquoi est-ce qu'elle a dû donner sa vie ? C'est injuste.

Voilà que je me remets à pleurer. C'est ce qui arrive quand on commence à trouver la vie injuste. Je ne comprends pas pourquoi c'est comme ça. Je voudrais aller frapper à la tombe d'Honoria Fell et lui demander si elle *peut m'expliquer, mais elle ne me dira rien. Je crois que personne ne peut répondre à cette question.*

J'aimais Elena. Elle va terriblement me manquer. Elle va manquer à tout le monde ici. Comme une lumière qui s'éteint. Robert dit que son nom signifie « lumière » en latin.

Désormais, il y aura toujours en moi une part privée de lumière.

J'aurais voulu pouvoir lui dire adieu. Elle a chargé Stefan de me dire au revoir. J'essayerai de garder cet au revoir en moi, comme une lumière qui m'accompagne.

Je ferais mieux d'arrêter d'écrire maintenant. Stefan s'en va. Matt, Meredith, Alaric et moi allons lui dire au revoir. Je ne m'attendais pas à m'impliquer autant ; je n'ai jamais tenu de journal. Mais je veux qu'on sache la vérité sur Elena. Ce n'était pas une sainte. Elle n'était pas toujours douce, ou bonne, ou honnête, ou agréable. Mais elle était forte, passionnée et loyale avec ses amis. Et, au bout du compte, elle a fait la chose la moins égoïste qui soit. Meredith dit qu'elle a choisi la lumière contre les ténèbres. Je veux que les gens le sachent et se souviennent.

Moi, je me souviendrai toujours.

Bonnie McCullough
16/12/91

Vous avez aimé *La furie*,
découvrez la suite de la série
dans *Réunion macabre*.

5551

Composition Nord Compo
Achevé d'imprimer en Europe (Allemagne)
par Elsnerdruck à Berlin
le 24 avril 2000.
Dépôt légal avril 2000. ISBN 2-290-30307-0
Éditions J'ai lu
84, rue de Grenelle, 75007 Paris
Diffusion France et étranger : Flammarion